모두의
독서
모임

모두의
독서
모임

초판 1쇄 발행 2019년 12월 13일

지은이 이진영 김은주 최인애 전민아 이현 김연지 바나나망고

펴낸이 원하나
디자인 정미영
표지 일러스트 정기쁨
출력·인쇄 금강인쇄(주)

펴낸 곳 하나의책
출판등록 2013년 7월 31일 제251-2013-67호
주소 서울시 관악구 남부순환로 1855 통일빌딩 308-1호
전화 070-7801-0317 팩스 02-6499-3873
홈페이지 www.theonebook.co.kr

ISBN 979-11-87600-11-4 03800

이 도서의 국립중앙도서관 출판예정도서목록(CIP)은 서지정보유통지원시스템 홈페이지(http://seoji.nl.go.kr)와
국가자료종합목록 구축시스템(http://kolis-net.nl.go.kr)에서 이용하실 수 있습니다.
(CIP제어번호 : CIP2019048991)

모두의 독서 모임

이진영
김은주
최인애
전민아
이현
김연지
바나나망고

독서모임에서 나눈
이야기와 감상들

하나의책

독서모임에는
무엇이 있을까요?

2014년 3월, 하나의책 출판사의 독서모임은 자그마하게 시작했습니다. 4~5명이 가볍게 책 수다를 피우는 소소한 수준이었습니다. 그러다 문학 모임, 철학 모임 등으로 점점 확장하였고, 이제는 회원들이 직접 운영하는 독서모임까지 생겼습니다. 이 모든 것은 책을 읽고 이야기를 나누겠다고 하나의책을 찾아 주는 우리 회원들 덕분입니다. 출판계는 책이 팔리지 않는다고 아우성인데, 하나의책 독서모임이 나날이 번창(?)하는 것을 보면 출판의 미래가 암흑은 아니라고 조심스레 전망합니다.

저는 책이 사람에게 가하는 작용에 관심이 많습니다. 책은 다른 문화 콘텐츠와 달리 가볍게 뚝딱 끝내기가 어렵습니다. 게다가 수고롭게 책을 읽고 독서모임에 나와 이야기까지 하려면 보통 에너지가 필요한 것이 아니지요. 나와는 다른 온갖 의견이 오가는 장이 독서모임인데 굳이 찾아서 타인의 이야기를 듣는 이유는 무엇일까요. 사람들은 왜 독서모임을 할까요. 책은 도대체 우리에게 어떤 존재일까요.

『모두의 독서모임』은 그 물음에 대한 답변을 모은 책입니다. 하나의책 독서모임에서 만난 회원들이 각자 생각하는 독서모임의 의미, 독서모임에서 나눈 이야기 그리고 독서에 관한 생각을 허심탄회하게 적어 보았습니다. 대부분 전문 작가는 아니지만 책과 사람을 향한 애정은 그 누구보다 뜨거운 일곱 회원의 진솔한 '모임 참가기'라고 생각하시면 됩니다.

이 책에 참여한 분들을 간단히 소개하겠습니다. 문학 모임을 시작으로 꾸준히 하나의책에 오던 이진영 님은 이제 1년 독서모임인 '내 인생 최고의 책' 고정 회원으로 꾸준히 활동하고 있습니다. 김은주 님도 문학 모임으로 독서모임을 만난 후 1년 독서모임 고정 회원이 되었고요. 최인애 님은 제가 1인 출판사와 독서모임을 소개하던 프로그램에 참여했다가 하나의책 독서모임 회원이 되었습니다. 하나의책 사무실이 없던 시절부터 지금까지 잊지 않고 모임에 오고 있습니다. 전민아 님은 다른 자리에서 저와 인연을 맺었는데 문학 모임 회원이 되어 꾸준히 함께하고 있습니다. 이현 님은 문학 모임, 철학 모임 회원으로 활동했고, 회원의 독서모임에도 꾸준히 오고 있습니다. 김연지 님은 하나의책 독서모임 1회부터 지금까지 이어진 인연이니 가장 오래 함께한 회원입니다. 바나나망고 님은 'The울림' 독서모임 운영자입니다. 하나의책의 여러 모임에도 참석하면서 여성 모임도 이끌고 있습니다.

일곱 회원 모두 각자의 삶에 독서와 독서모임을 적절하게 버무리며 즐겁게 생활하는 분들입니다. '책만 읽는 삶'보다는 '책도 읽는 삶'을 살면서 풍성한 일상을 누리는 일곱 분의 이야기를 이제 시작합니다.

하나의책 대표 원 하 나
(『독서모임 꾸리는 법』 저자)

들어가는 말 —— 4

one —— 이 진 영
        내게는 소중한 독서모임 경험

독서모임으로 무언가를 할 수 있을까? —— 12
'스크루지 콤플렉스' 벗어나기 —— 15
나만의 영웅을 간직한다는 것 —— 19
'독서모임의 시간'을 다시 생각하다 —— 22
서로에게 거울이 되는 독서모임 —— 25
독서모임에만 있는 것 —— 28
위기감을 느낀 말더듬이의 모험 —— 32
나의 독서 역사 —— 35
이진영이 생각하는 독서모임 에티켓 / 독서모임에서 읽은 책 베스트 3 —— 39

two ─── 김 은 주
　　　　　같은 생각을 공유하는 즐거움, 독서모임의 재미

빛을 갚는다는 마음 ─ 42
독서모임이란 무엇인가 ─ 45
말, 글 그리고 사람 ─ 49
『노르웨이의 숲』보다는 『상실의 시대』로 ─ 52
독서모임 참석자의 일 ─ 55
고민하지 않아도 된다는 즐거움 ─ 58
더 큰 빚을 남긴 즐거운 만남 ─ 61
김은주가 생각하는 독서모임 에티켓 / 독서모임에서 읽은 책 베스트 3 ─ 63

three ─── 최 인 애
　　　　　또 다른 방식으로 나를 이끄는 독서모임

독서모임 시작해 볼까? ─ 66
나의 절박한 독서 ─ 69
새로 만난 독서모임 ─ 71
내게는 각별한 『천일야화』 독서모임 ─ 74
나의 직업 변천사 그리고 책 ─ 76
시작한 책은 완독하나요? ─ 80
책으로 만난 인연 ─ 82
내가 책을 만나는 이유 ─ 86
독서모임과 성장하기 ─ 88
최인애가 생각하는 독서모임 에티켓 / 독서모임에서 읽은 책 베스트 3 ─ 90

four ——— 전 민 아
　　　　　　취미를 되찾아 준 독서모임

꿈을 이룬 순간 사라진 길 —— 92
독서모임이 도대체 뭘까 —— 95
작가와 친해지기 —— 99
독서를 통해 한 걸음 더 나아가기 —— 102
뜻밖의 청춘을 이야기하다 —— 105
오래된 친구의 또 다른 모습을 발견하다 —— 109
책 속으로 함께 산책할까요 —— 114
전민아가 생각하는 독서모임 에티켓 / 독서모임에서 읽은 책 베스트 3 —— 118

five ——— 이 현
　　　　　　타인을 알고 이해하는 훈련의 장, 독서모임

나의 독서모임 찾기 —— 120
독서모임 경험 그리고 인연 —— 123
여의도의 직장 생활 —— 126
철학 독서모임을 찾아서 —— 129
나와 다른 의견을 편하게 받아들이기 —— 132
철학 독서모임으로 나만의 방법 찾기 —— 136
다시 만난 하루키 —— 140
독서모임의 최고 가치는 소통 —— 143
이현이 생각하는 독서모임 에티켓 / 독서모임에서 읽은 책 베스트 3 —— 145

six ──── 김 연 지
책과 사람이 따뜻한 독서모임

독서모임이 뒤죽박죽 일상을 되돌려 줄까 ── 148
독서모임 시작하기 그리고 책 고르기 ── 151
다른 사람에게 독서모임 전파하기 ── 157
독서모임에서 다시 사람을 보다 ── 161
시 읽기와 독서모임 ── 164
독서와 독서모임의 의미 ── 167
김연지가 생각하는 독서모임 에티켓 / 독서모임에서 읽은 책 베스트 3 ── 171

seven ──── 바 나 나 망 고
독서모임은 즐거움을 공유하고 배우는 곳

'진짜 변화'를 찾아서 ── 174
강북 독서모임 'The울림'의 시작 ── 179
독서모임 운영자의 고민 ── 182
또 다른 독서모임에 참석하기 ── 185
다시 독서모임 운영자로! ── 189
독서모임 후 달라진 삶 ── 192
바나나망고가 생각하는 독서모임 에티켓 / 독서모임에서 읽은 책 베스트 3 ── 195

하나의책 독서모임 소개 ── 196

one

—

이 진 영

내게는 소중한
독서모임 경험

독서모임으로
무언가를 할 수 있을까?

'독서모임'으로 검색한 것도 아닌데, 어쩌다 보니 하나의책 블로그를 발견했다. 블로그 주인은 1인 출판사를 하면서 다양한 독서모임을 운영 중이었다. 서울대입구역 주변에서 한 달에 한 번 정도 모였고, 5년 이상 쉬지 않고 모임을 꾸려 왔다. 그간 겪은 시행착오와 고민, 불편함과 만족감, 변화과정 등이 블로그에 투명하게 드러나 있었다. 내 또래인 듯 보이는 블로그 주인에게 느껴지는 진지한 열정, 씩씩하고 신나는 분위기에 마음이 끌렸다. 처음엔 우리동네 모임이라 눈길이 머물렀는데, 블로그를 들여다볼수록 점점 호감이 갔다.

내성적이고 수줍음이 많은 나는 사실 모임 체질이 아니다. 떠들썩하게 여럿이 어울리는 것보다는 혼자 조용하게 시간을 보내는 것을 더 좋아한다. 심지어 가까운 친구들과 만나도 나는 주로 듣는 역할을 하지 않던가? 낯선 이들 앞에서 능숙하게 이야기하는 모습을 상상해 보았다. 말더듬이 앵커가 뉴스 진행을 하는 말도 안 되는 장면이 보였다. 그래도 마음이 동했고, 용기도 따라왔다. '블로그가 좋다. 모임에 참여하고 싶다'라는 메시지를 보냈고, 곧이어 주인인 하나 씨에게 회신이 왔다. 참여 가능한 모임은 '시 필사 & 낭독 모임'이었고, 다룰 책은 나희덕의 『그녀에게』라는 시선집이었다. 책을 구해 잠시 훑어보고 빠르게 마음을 접었다. 슬프게도 책이 눈에 들어오지 않았다. 그래도 잠시 기다리기만 하면 된다.

나는 왜 하나의책 블로그와 모임에 강하게 이끌렸을까? 몇 년 전 읽은 책 김형경의 『소중한 경험』이 떠오른다. 그 책은 저자가 10년간 꾸려 온 독서모임 이야기가 담겼다. 그 모임 구성원들이 부러웠다. 나도 그들처럼 소중하고 특별한 경험을 해 봤으면. '난 이제 예전의 내가 아니야'라는 우쭐한 기분을 느끼고 싶었다. 한편 독서모임을 통해 의미 있는 무언가를 하고 싶었다. 돌아보니 나는 그동안 상대방이 나에게 다가오면, 거부하지 않거나 수동적으로 따라가는 방식으로 사람을 사귀었다. 이 패턴이 이제는 지겹다. 완전히 새로운 사람들을 만나 보고도 싶었다. 이참에 내가 주도적으로 다가가는 실험을 해 보면 어떨까.

기다림 끝에 문학 모임에 들어갈 수 있었다. 『예감은 틀리지 않는다』가 첫 모임 책이었다. 드디어 모임 날, 예상한 대로 많이 긴장했다. 심호흡하고 말을 처음 뗀 기억이 난다. "독서모임은 처음입니다. 사실 지금 많이 떨리고 긴장됩니다." 그때 하나 씨가 한 이야기는 이렇다. "새로운 멤버가 들어오면 저도 많이 긴장됩니다. 어디로 튈지 모르니까 아는 사람끼리 하는 것이 마음 편할 때도 있습니다. 운영자인 저를 포함 다들 긴장하고 있으니 서로 존중하면서 이야기를 나눕시다." '아이고, 나는 여기서 환영받지 못하겠구나.' 시무룩해질 뻔했는데, 의외로 긴장으로 얼어붙은 마음이 한순간에 녹아내렸다.

이후에 무슨 이야기를 어떻게 했는지 기억이 하나도 안 난다. 사람들이 하나같이 유창하고 조리 있게 말했던 것이 가장 인상적이다. 그에 비해 나는 즉흥적으로 어수선하게 이야기한 것 같다. 책 읽으며 준비한 것들은 다 어디로 갔을까? 밑줄 그은 구절을 그대로 읽기만 하는데도 입이 마르고, 목소리가 파르르 떨리고, 발음이 꼬였다.

2시간이 순식간에 지나갔고, 모임에서 빠져나왔다. 다시 혼자가 되었다. 그러자 모임 시간 내내 긴장한 와중에도 내가 얼마나 흥분하고 신이 났는지 생생하게 느낄 수 있었다. '오호 이것 봐라? 기대 이상인 걸? 이런 맛에 사람들이 독서모임을 찾는 것일까?' 기분 좋은 첫인상, 상쾌함이 남았다. 예감이 좋았다. 어디로 갈지 모르겠지만 멋진 모험을 시작하는 기분이 들었다. 이 모임, 긴 호흡으로 오래오래 함께할 수 있을 것 같았다.

'스크루지 콤플렉스' 벗어나기

소설 『자기 앞의 생』은 독서모임에서 읽은 책 중에서 내가 가장 좋아하는 책이다. 주인공 소년 모모는 출생의 비밀을 간직한 채, 로자 아줌마의 손에서 자란다. 전직 창녀인 로자는 주변 창녀의 아이들을 돌본다. 늙고 병든 로자가 죽음에 다가갈수록 나는 점점 자주 숨을 고르며 책 읽기를 쉬어야 했다. 먹먹해진 마음이 다 가라앉기도 전에 다시 책장을 펼쳤다가, 얼마 못 가서 또 멈추면서 이 책을 묵직하게 읽어 갔다.

모모는 '좋은 어른들'에 둘러싸여 지냈다. 로자 아줌마, 하밀 할아버지, 카츠 의사 선생님은 모모에게 친절했다. 심지어 식료품 가게에서 달걀을 훔치다가 들켜도 외롭고 쓸쓸한 아이 모모에게 주인은 따뜻하게 대해 준다. 그뿐만 아니라 소설의 등장인물 모두가 서로에게 다정하고 따뜻하다. 소설 내내 흐르는 그 따스함이 좋았다.

20대 초반에 봤던 뮤지컬 '크리스마스 캐럴'이 생각난다. 아담한 골목길의 무대, 어스름한 초저녁 가로등이 켜지고, 눈발이 날리기 시작한다. 골목길의 오른쪽 귀퉁이에는 7~8명 정도의 동네 사람들이 옹기종기 모여 있다. 매서운 추위 속에서도 다정한 분위기가 흐르고 간간이 웃음소리도 들려온다. 골목의 반대쪽 끝에 스크루지가 시큰둥한 표정을 하고 혼잣말을 내뱉는다. '착한 척하는 건 짜증 나고, 친한 척하는 건 어색하다.' 평소 내가 자주 품고 있던 생각을 스크루지의 입을 통해 듣는 순간 망치로 머리를 한 대 맞은 것 같았다. 어떤 사람들에겐 내가 스크루지처럼 보이겠지. 변명의 여지가 없구나. 그의 혼잣말이 마음속 깊이 박혀 있다. 나는 지금도 크리스마스 시즌이 되면 종종 서늘해지곤 한다. 내 속에 흐르는 냉담함이 더 뚜렷하게 보이는 것 같아서 씁쓸하다.

하나 씨는 『자기 앞의 생』이 연말연시에 어울리는 소설 같다고 말했다. 이 책으로 독서모임을 한 시기도 연말이었다. 이 소설은 죽음을 직접적으로 다루는 한편 제목처럼 앞으로의 생을 이야기한다. 한 해를 마무리하고, 새로운 해를 맞이하는 시기에 딱 어울린다. 책의 여운을 탐닉하면서 막연하게나마 작은 다짐을 했다. 다른 건 몰라도 한 해의 마무리만큼은 정성스럽게 하고 싶어졌다.

연말을 정성스럽게 보내려면 한 해 동안 했던 일을 되짚어 보는 것도 좋지만, 사람들을 돌아보는 시간을 가지는 것도 중요하다. 여러 얼굴이 떠올랐다. 그들을 따라가면서 각자가 나에게 어떤 사람인지를 살펴보았다. 불편함이 남아 있는 사람을 다시 생각하며 후련한지 아쉬운지 점검했다. 내 삶의 로자 아줌마 같은 분들도 생각났다. '그래, 그들 덕분에 내가 어깨를 펴고 다니지.' 어쩌다 보니 소원해진 사람들도 생각나고 새롭게 만난 인연도 떠올랐다.

소중한 이들에게 나름의 방식으로 마음을 전해 보았다. 먼저 연락을 하거나 작은 선물을 보냈다. 평소의 나 같으면 상상도 못 할 일이었다. 『자기 앞의 생』을 읽은 직후 스크루지에서 잠시 소년 모모로 변신한 상태였기에 가능한 '사건'이었다. 그래도 평소에 안 하던 행동에서 따라오는 어색함과 수줍음은 어쩔 수가 없었다. 먼저 표현하고, 상대방이 내 마음을 환영하며 받아 주는 일이 기차놀이처럼 이어지며 그해의 연말을 보냈다.

이 책과 함께 1년의 마지막을 벅찬 기분으로 보낼 수 있었다. 문득 '이것이 죽는 연습을 하는 거구나'라는 생각에 이르렀다. 이렇게 한 해 한 해 마무리를 정성 들여 하다 보면, 언젠가 진짜 마지막 날이 왔을 때 내가 원하는 마무리를 할 수 있지 않을까.

자신의 마음이 스크루지처럼 차갑고 딱딱하다 느껴지는 이에게 『자기 앞의 생』을 추천한다. 모임에 함께한 한 회원도 이 책을 습관처럼 주변에 선물한다고 했다. 나는 독서모임 덕분에 이 책을 만났다. '스크루지 콤플렉스'에 20여 년을 시달려 왔는데, 이 책을 만나 벗어날 수 있었다. 『자기 앞의 생』은 나의 고질병을 치료해 준 고마운 책이다. 로자 아줌마와 모모에게 깊은 사랑과 감사의 마음을 전하고 싶다.

나만의 영웅을 간직한다는 것

2018년도 상반기 문학 모임의 첫 책은 『작가란 무엇인가』였다. 전체적인 소감을 돌아가면서 이야기하는 것으로 모임을 시작했다. "절반 정도 읽다가 포기했습니다. 책에 나온 작가의 작품 중 읽은 것이 하나도 없습니다." 나는 부끄러웠지만 안 그런 척하며 말했다. 누군가 물었다. "설마 무라카미 하루키도요?" 나는 그렇다고 대답했다. 짧은 순간 일제히 동공지진이 일어남을 보았다. 나의 폭탄발언(?)에 하나 씨는 "오늘 모임이 끝난 후 진영 씨 마음에 작가 한 명이 남았으면 합니다"라고 말했다. 다 같이 '와하하' 웃고 넘어갔다.

새로운 시즌에 모인 이들을 살펴보니 『모두의 독서』 저자, 『글쓰기를 말하다』의 번역가, 출판사 직원, 다양한 독서모임을 운영하면서 책 출간을 준비 중인 분, 대학시절 작가 김연수에게 강의를 들은 적이 있다는 열혈 육아 중인 여성, 말수가 적은 듯하지만 한마디를 뱉을 때마다 고수의 분위기를 풍기는 문학청년까지 다양했다. 단순한 취미 이상으로 책을 가까이 하는 분들이 많아 보였다. '내가 왜 여기에 왔을까? 내 수준에 맞는 다른 모임을 찾아 나서야 하는 걸까.' 어쩐지 멋쩍은 웃음이 났다.

「파리 리뷰」는 뉴욕에서 출판하는 유명한 문학잡지다. 1953년 창간 이래 세계적인 작가들을 인터뷰했다고 한다. 그중 12명의 인터뷰를 모아서 출간한 책이 『작가란 무엇인가』다. 폴 오스터, 무라카미 하루키, 어니스트 헤밍웨이, 밀란 쿤데라 등 이른바 현대소설을 대표하는 작가라고 한다. 하지만 문학적 소양이 부족한 나에게는 그 명성이 어느 정도인지 느낌이 오지 않았다. 가요계의 신중현, 조용필? 영화계의 이창동, 박찬욱 수준의 명성일까.

독서모임에서 보통은 한 편의 작품으로만 이야기해도 2시간이 순식간에 흐른다. 이날은 대가 12명을 동시에 다루려니 이야기의 범위가 넓어질 수밖에 없었다. 각자 흠모하는 작가와 작품에 대한 이야기를 꺼냈는데 시작부터 분위기가 달아올랐다. 누군가 특정 작품을 언급하면 저마다의 감상, 함께 읽으면 좋은 작품, 다른 작가와의 비교, 뒷이야기 등이 그야말로 콸콸 쏟아졌다. 시간이 흐를수록 사람들의 목소리가 점점 커지고, 이야기의 속도도 빨라졌다. 평소에는 우리나라 지도를 펼쳐 놓고 소박하게 이야기했던 모임이라고 친다면, 이날만큼은 지구본을 뱅글뱅글 돌려 가면서 이야기를 나눈 것 같았다. 마침 새 시즌, 봄에 시작한 첫 모임이었다. 처음의 설렘과 기대, 좋아하는 작가 이야기를 하는 즐거움이 만나 한층 더 들뜬 분위기였다. 시간이 흘러 흥이 정점을 찍었을 때 모임이 끝났다.

그 많은 이야기를 따라가기엔 다소 숨이 찼지만, 나의 마음속 영웅들이 생각나면서 나도 흐름을 타기 시작했다.「파리 리뷰」에서 인터뷰를 할 만한 대가가 아니어도 상관없었다. 이름을 떠올리기만 해도 마음이 뻑뻑해지는 나만의 영웅들이 생각났다. 책을 읽을 때 받은 감명이 어딘가에 남아 있어 문득 느낄 수 있다는 것이 얼마나 다행이고 감사한 일인지 모른다. '책을 읽는 데 실패했어도 모임이 즐거울 수 있구나. 낯설고 어려운 책을 만나더라도 가벼운 마음으로 읽을 수 있겠다.'『작가란 무엇인가』모임에서 얻은 큰 수확이다.

모임이 끝난 후 밤길을 걸으며 모처럼 한껏 차오른 흥을 반갑게 맞이했다. 문득 레이먼드 카버의『대성당』이 머리에서 뚜렷하게 떠올랐다. 12명의 작가 중 1명이 남은 것이다. 아, 하나 씨의 주문이 먹혔구나.

'독서모임의 시간'을 다시 생각하다

독서모임 선정 도서는 읽기 힘겨운 책이 많다. 어휘도, 문장도 어려워서 겉핥기만 한 기분이 든 적이 많다. 모임을 시작한 지 2년 이 지났는데도 아직 그런 편이다. 그래서 "이번 책은 술술 잘 읽어 지더라고요"라는 말을 모임에서 들으면 놀란다. 나의 읽기 수준이 겨우 이 정도인가 싶어 자존심이 상한다. 평소 한 달에 2~3권 정 도의 책을 꾸준히 읽어 왔건만…. 나는 그동안 국내작가의 에세이 와 소설을 주로 읽었다. 이 단순한 사실을 모임에서 회원들의 이야 기를 듣고 알았다. 역시 거울이 있어야 나를 볼 수 있다. 예전에는 내가 편독이 심하다고 자각하지 못했다. 모임에서 읽은 책은 대부 분 외국 작가의 장편 소설이다. 세계문학전집 시리즈에나 있을 법 한 작품들이다.

하나의책 독서모임에서 내가 가장 어렵게 읽은 책은 밀란 쿤데라의 『농담』이다. 읽기 시작한 지 얼마 되지 않아 '이게 무슨 소리야?' 하면서 읽는 속도가 점점 느려지다가 결국엔 멈추고 말았다. 읽어야 하는데 손은 안 가는 내적 갈등을 겪다가, 힘을 짜내서 읽어 보지만 이내 딴생각에 빠졌다. 읽는 것도 안 읽는 것도 아닌 '좀비 독서'가 얼마간 이어졌다. 불길하다. 계속 읽는 게 과연 의미가 있을까 싶을 때쯤 글의 맥락이 흐릿하게나마 그려졌다. 다행히 이번 책은 힘들게 시작했지만 뒤로 갈수록 그나마 점점 읽히는 흐름이다. 마지막 7부를 마치고 나서는 강렬한 짜릿함을 만끽했고 고생스러운 기억은 싹 잊었다.

무슨 이야기를 나눌까 상상하면서 하나의책 사무실을 찾았다. 연장자 2명, 남성 회원, 막내 회원 이렇게 4명이나 보이지 않았다. 원래 결석이 거의 없는 모임인데 뜻밖이었다. 게다가 나온 사람 중에서 책을 끝까지 안 읽었다는 사람이 절반이나 되었다. 이런 난감한 상황에서 모임을 시작했다. 생각보다 여러 이야기가 끊이지 않고 이어졌지만 왠지 김이 샜다. 특히나 이번 책은 결말을 가지고 나눌 이야기가 많았는데 그러지 못해서 더 아쉬웠다. 모임이 끝날 무렵 하나 씨가 몇 마디 했던 것이 기억난다. "책이 어려우면 안 나오는 사람이 많아요. 대화를 나눌 때도 사담으로 빠지게 되고요."

언젠가 이소라 콘서트에 갔을 때가 생각났다. 소극장 콘서트였는데 하필이면 가수가 감기에 걸려 목소리가 온전치 않았다. 안타깝지만 이왕 공연에 왔으니 최대한 즐기겠다고 다짐했다. 노련한

가수답게 매끄러운 진행, 열정적인 무대를 이끌었다. 노래를 시작하기 전에는 평소보다 큰 박수를 보내며 응원했지만, 노래를 마친 후에는 어쩔 수 없이 박수소리가 수그러들었다. 열악한 상황에서 혼신을 다해 노래한 가수에게 미안할 정도로 맥이 빠진 박수소리가 공연장을 민망하게 울렸다.

『농담』 모임에 대해 무심히 자평한 하나 씨의 이야기를 듣는 순간 그간 참여했던 다른 모임들이 생각났다. 빠지는 사람이 거의 없었고, 대부분 책을 다 읽어 왔다. 모임이 마무리될 때 나는 약간 상기된 상태가 됐다. 적어도 내가 참여한 모임에서는 늘 그랬고, 그게 당연한 줄 알았다. 그런데 그날 모임은 목소리가 잠긴 가수의 노래를 듣는 것 같았다. 생경한 풍경이었지만 그간 나의 무신경함을 새삼스럽게 알아차린 모임이기도 하다.

그동안 신나게 대화를 나누느라 2시간이 순식간에 지나가 버리고, 상쾌한 발걸음으로 돌아갈 수 있었던 건 독서모임이니까 마땅히 그런 것이 아니었다. 구성원 모두가 즐거운 모임을 만들기 위해 공들이는 노력, 섬세한 배려의 시간이 있었기에 가능한 것이었다. 독서모임에서 함께 만드는 시간을 다시 생각해 본다.

서로에게 거울이 되는 독서모임

그날은 발언을 거의 못 하고 빠져나왔다. 용기를 못 낸 것인가? 약간 쓸쓸하기도 하지만 그래도 좋은 시간을 보냈다. 책을 읽었고, 새로운 생각이 모임장소를 나서자마자 떠올라 반가웠다. 함께 읽은 책은 무라카미 하루키의 『노르웨이의 숲』이었다. 책을 읽는 내 내 주인공 와타나베에게 모질게 잔소리를 했다. 내 동생이라면 벌써 몇 대는 쥐어박았다. "야 와타나베! 앞가림도 제대로 못하는 주제에 나오코를 구하려고 하니? 네가 하는 말들은 다 허세에 불과해. 유치하고 한심하다고 이 자식아!"

책을 읽은 후 뚜렷한 감정이 툭 튀어나오는 순간이 오면 환영하며 맞이한다. 그것을 붙잡고 얼마간 곱씹다 보면 나도 몰랐던 본심을 발견할 수 있기 때문이다. 모임에서도 비슷한 상황이 종종 벌어진다. 작가의 시선이 소설 속 등장인물을 통해서 드러난다면, 나의 시선은 독서모임에서 수다 중에 나도 모르게 폭로되곤 한다. 비록 단면일 뿐이겠지만 그날도 회원들의 일상이나 최근의 관심사가 언뜻 보였다고나 할까. 주인공 또래인 아들 생각이 많이 난다며 미도리 같은 며느리를 얻고 싶다는 50대 여성이 있었다. 미도리 스타일의 여자는 별로라고 수줍게 실토한 진중한 인상의 문학청년, 등장인물 레이코가 마음에 걸린다며 이미 어느 정도 들어 버린 본인의 나이와 위치에 대한 생각이 깊어졌다는 40대 비혼 여성의 말도 기억에 남는다. 중학교 때 이 책을 처음 접했다며 추억에 잠겨 내내 발그레했던 교사, 아직 6살인 딸에게 이 책을 몇 살에 읽히면 적절할까 벌써부터 고민이 된다는 워킹맘도 있었다. 자살하는 사람이 너무 많아 거북했고, 소설이 끝난 이후에 나머지 등장인물도 왠지 다 자살할 것 같았다는 20대 여성의 말도 떠오른다. 사회복지 관련 일을 한다는 이 회원은 하필이면 그날 누군가의 자살소동 소식을 접하고 마음을 많이 부대껴 했다. 혼자 읽을 때는 책이 나의 거울이라면, 모임에서 함께 읽을 땐 서로가 서로에게 거울 역할을 한다. 한바탕 급류 타기가 끝나자, 언제 그랬냐는 듯 잔잔해지더니 거울의 내 모습이 드디어 드러났다.

친한 친구가 어려운 상황에 처해 있을 때, 난 그 고통을 함께 나누지 못하고 등을 돌리고 말았다. 나도 같이 침몰할 것 같았다. 두고두고 후회하는 가슴 아픈 일이다. 하지만 다시 그때로 돌아간다고 해도, 과연 다른 선택을 할 수 있을지 솔직히 자신이 없다. 그 기억을 토대로 와타나베와 나는 서로 밀고 당기며 한바탕 싸움을 했다. 와타나베는 나보고 비겁하다고 질책했다. 나는 인정하기 싫었다. '일단은 내가 살고 봐야 할 것 아니야. 와타나베 너도 결국엔 나오코를 구하지 못했잖아.' 나는 마지막까지 눈에 힘을 풀지 않고 와타나베를 쏘아봤지만, 꾹꾹 눌러놓았던 나의 죄책감을 와타나베가 끄집어내고 말았다. 내가 와타나베에게 졌다. 하지만 기분은 왠지 후련했다.

혼자 책을 읽었다면 나의 감상은 와타나베를 질책하는 정도에서 끝났을지 모른다. 모임에서는 다른 분들의 이야기를 따라가듯이 들었다. 그분은 왜 이 책을 그렇게 읽었을까를 가늠하고 상상도 한다. 때로는 직접 묻고 싶을 때도 있지만 조심스럽다. 집중해서 듣다 보면 그들이 내 거울이 되어서 나를 비춰 준다. 꼭 대화로 주고받지 않아도 상관없다. 모임을 마치고 집에 돌아갈 때는 전에는 짚어 내지 못했던 새로운 질문이나 답을 얻을 때가 많다. 내가 발언을 조금 하는 것에 아쉬워하면서도 사실은 그렇게 신경 쓰지 않는 이유이기도 하다.

독서모임에만 있는 것

트위터에서 한 해의 연차를 남김없이 쓴다는 대찬 직장인을 발견한 적이 있다. 벌써 10년째 그래 왔다고 한다. 격렬하게 부러웠다. 나도 연차 30일을 쓰기로 마음먹었다. 15년 직장생활 동안 열흘도 쉬어 본 적이 없는데 연차 30일이라니, 허무맹랑한 목표다. 그래도 그것을 해낸 사람이 있지 않은가. 열심히 잔머리를 굴려 가면서 하루씩 야금야금 연차를 냈다. 쉬는 날에 딱히 무엇을 하겠다는 계획은 없었다. 출근을 하지 않는 것 자체가 목표였고, 쉬는 날엔 빈둥거릴 때가 더 많았다. 나에게 최고의 '소확행'은 '출근 안 하기'였다. 연차를 쓰는 것만으로도 좋은데 올해 계획을 차곡차곡 실행하고 있다는 은밀한 쾌감까지 더해졌다.

독서모임과 필라테스를 그해 추석 무렵에 시작했다. 낯가림이 심하고 말을 더듬는 내가, 평생 숨쉬기 운동만 하고 별명도 '늘보'

인 내가, 나와 어울리지 않는 일을 동시에 두 개나 벌인 것이다. 지금 생각해 보니 출근을 하지 않은 시간만큼 몸과 마음에 생기가 돌기 시작했고 그때 찾은 여유 덕에 자신 없던 분야에 마음을 열 수 있었다. 트위터에서 만난 '연차의 달인'은 과감히 장기 휴가를 내고 남아메리카, 아프리카 여행을 근사하게 다녀왔다. 나는 그를 흉내 내다 보니 의식하지 못한 사이에 독서모임과 운동을 하면서 일상을 새롭게 만들고 있었다.

지금도 나는 두 가지 활동을 계속하는 중이다. 운동은 언제까지 지속할 수 있을지 아슬아슬하다. 이런저런 이유로 초심을 잃었다. 요즘은 가기 싫은 마음을 달래 가며 억지로 가고, 운동 중에도 자꾸 잡념이 생긴다. 괜히 강사를 못마땅해하기도 한다. 끝나고 돌아오는 길에도 만족스럽지 않다. 수강료가 아까워서 간신히 운동을 이어 가고 있지만, 자신이 없고 마음이 무거워진다.

독서모임도 돌아본다. 2년이 넘도록 모임에 참여했는데 아직도 입이 잘 떨어지지 않는다. 순간순간 머리가 하얘진다. 어쩌다 말을 하고 싶을 때도 있지만 선뜻 용기가 나지 않는다. 겨우 입을 떼서 뭔가를 이야기해 보지만 다른 회원들처럼 재미있게 하지 못하고 웅얼웅얼하고 만다. 발언을 할 때 두 가지 생각을 동시에 하곤 한다. '차라리 조용히 있을걸', '버벅대면 어때. 그러거나 말거나.' 운동은 뜻대로 안될 때 크게 상심하고, 다른 수강생과 비교하면서 주눅도 든다. 그런데 독서모임은 그렇지 않다. 책이 어려워 소화하지 못할 때도, 멀뚱히 듣기만 하거나 어설픈 발언을 해도 스트레스를 받지 않는다. 운동과 독서모임 둘 다 여전히 뭔가 어설프기는 마찬가지인데, 운동할 땐 곤혹스럽고 독서모임에선 생각처럼 풀리지 않아도 개운하다는 감정을 느낀다. 이런 차이는 어디에서 오는 걸까.

서로의 이야기를 주의 깊게 듣는 모임의 분위기 때문에 그런 것 같다. 하나 씨가 모임을 진행하면서 가장 많이 마음을 쓰고 강조하는 것도 '경청'이다. 누군가 본인도 모르게 날을 세운 발언을 하면 하나 씨는 재빨리 불을 끄곤 했다. 돌아보니 내가 엉성하게 이야기를 해도 다른 누군가가 그걸 어떻게 알아듣고 더 정확하고 정리된 표현으로 되돌려 줄 때도 많았다. 그럴 때는 생각한다. '아 맞아요. 맞아. 내가 하고 싶은 말이 바로 그거였어요. 이제 좀 후련하네.'

2018년 하반기 문학 모임 첫 번째 시간이었다. 처음 보는 얼굴과 낯익은 분들이 적당히 섞여 있었다. 시즌의 시작은 항상 간단한 자기소개로 모임을 연다. "저는 모임에 발 들인 지 어느덧 일 년입니다. 그때는 발발 떨면서 자기소개를 했는데, 이제는 제법 여유가 있어요. 하지만 말 기술은 크게 늘지 않더라고요. 모임에서 말을 제일 적게 할지 모릅니다." 배려와 존중의 분위기에 기대어, 나의 미숙한 모습도 편안하게 털어놓을 수 있었다. "진영 씨가 다른 분들보다 말수가 적긴 하지만, 그래도 자신만의 생각을 재치 있게 발언하는 분이에요. 이번 시즌 회원 모집할 때 진영 씨도 신청했느냐고 물어본 회원이 두 분이나 있었습니다." 하나 씨가 말했다. 그 이야기를 들으며 '나 듣기 좋으라고 빈말 던지는 건가'라고 생각했다. 그런데 맞은편에 앉은 또래 여성회원이 빙그레 웃으며 눈인사를 건넨다. '그중 한 사람이 접니다.' 순간 붉어지는 얼굴을 들키지 않으려고 고개를 푹 숙이고 말았다. 불쑥 내밀어 준 손길이 그저 고맙다.

위기감을 느낀 말더듬이의 모험

모임 후 집에 가는 길에 문자메시지 한 통을 받았다. 10분 전까지 함께 있었던 하나 씨의 문자였다. 내가 발언을 많이 못 한 것 같아 마음이 쓰인다며 다음 모임에 더 챙겨 주겠다고 했다. '가만 내가 오늘 다른 날보다 말을 조금 했던가.' 긴가민가하다. 평소에도 나는 발언이 적은 편이다. 혹시 내 표정이 딱딱했을까. 굳은 표정으로 말도 안 하고 있어서 하나 씨가 더 마음을 쓰는 걸까.

나는 어려서부터 유난히 숫기가 없고 말수도 적었다. 학창시절엔 교실에 있는 듯 없는 듯 조용한 아이였다. 일을 할 때도 앞에서 이끌어 가는 일보다는 뒤에서 보조하는 역할을 많이 해 왔다. 부족한 말솜씨는 나의 오래된 콤플렉스다. 주장이나 간단한 의사표현도 많이 어려워했다. 답답한 내 모습이 싫었다. 그러면서도 꽤 오랫동안 '그냥 생긴 대로 살아야지' 했다. 오래전부터 독서모임에 눈길이 머물긴 했다. 하지만 내 성격에 독서모임에서 이야기를 하는 것은 상상 속에서나 가능한 일이었다. 학창시절 공부도 잘하고, 발표도 하고, 표정도 당당한 반장 스타일의 사람들이 하는 것이 독서모임 아닌가.

2017년 봄 신입직원을 받았다. 15여 년을 조직생활을 했는데도 신입을 맞은 것은 처음이었다. 조직의 때가 묻지 않은 후배에게 하나하나 가르쳐 주는 재미가 쏠쏠했다. 그런데 어느 날 그 신입이 다른 직원들 앞에서 나를 '엄마'라고 표현하는 것을 알았다. 당혹스러웠다. 우리는 같은 30대이고, 나는 너보다 선배일 뿐인데. 조직에서 나의 위치를 돌아봤다. 어느덧 선배보다 후배가 많아지는 중이다. 몇 년 후면 나도 팀장이 되겠지. 말주변이 없다는 약점을 보완한답시고 보고서를 쓸 때 공을 들이며 지금껏 버텨 왔다. 그런데 중간관리자가 되면 보고서보다는 말을 해야 할 때가 더 많겠지. 내가 그런 역할을 할 수 있을까. 아찔하다. 이 상태라면 회사에서 일 못하는 팀장으로 낙인찍힐 것이 뻔했다.

이런 위기감이 자극이 되어 독서모임을 생각했다. 아직 시간은 있다. 계속 독서모임에 드나들다 보면 4~5년 후에는 어느 정도 입이 트이지 않을까. 점점 궁지에 몰리는 것이 환히 보이는데 더는 피할 수 없지 않겠는가. 마음속으로 대하드라마 한 편을 징글징글하게 찍고 나서야 용기를 낼 수 있었다. 그렇게 힘들게 시작한 독서모임을 벌써 2년 넘게 이어 가는 중이다. 처음에 비해 나아지긴

했지만 여전히 입이 잘 떨어지지 않는다. 30여 년 넘게 굳어 있던 입이 고작 2년 만에 풀릴 리가 없다. 그런데 요즘에는 조금 대담해졌다. 속에서 발발 떠는 녀석이 어디론가 사라졌다. 그런 상황이 와도 한결 편안한 마음으로 일단 무슨 말이든 시작한다. 생각보다 말이 잘 나오기도 하고, 횡설수설할 때도 있다. 얼어붙지 않고 편안한 마음으로 이야기를 시작할 수 있다는 것만으로도 충분히 홀가분하고 흡족하다. 사람들이 하는 이야기를 듣기만 해도 충분히 재미도 있고, 생각할 거리도 많아졌다. 이후 혼자 있을 때 산책이나 낙서를 하면서 내 생각을 정리하는 과정도 즐거웠다. 위기감을 느낀 말더듬이가 모험을 시작했다. 이리저리 휩쓸려 다니느라 한동안 정신이 없었다. 이 얼얼함이 낯설다. 돌아보니 그것은 순간순간 다채롭게 즐거워했던 느낌이었다. 앞으로는 물 만난 고기처럼 더 본격적으로 즐길 수 있겠다.

나의 독서 역사

'책책책 책을 읽읍시다'라는 방송을 무심히 보고 있던 때였다. 한국을 포함한 여러 나라의 평균 독서량을 비교하면서 우리나라 사람들은 책을 안 읽어도 너무 안 읽는다고 개탄하는 장면이 나왔다. 나 혼자 얼굴이 벌겋게 달아올랐다. 나도 1년에 1권이나 겨우 읽을까 말까 하는 수준이었다. 프로그램의 선정 도서 중 하나인 『백범일지』를 샀다. 첫 페이지부터 힘들었다. 몇 페이지를 억지로 읽자 이내 가슴속이 꽉 막힌 듯 답답했다. 계속 읽어 갈 수가 없었다. 이 책을 온 국민이 읽는다고? 아직도 납득이 가지 않는다.

취직을 한 이후, 나만의 놀이를 시작했다. 적금을 붓듯 한 달에 3만 원어치의 책을 사기로 하고, 월급날은 인터넷 서점 장바구니를 비우는 날로 정했다. 월급날을 기다리며 지하철 책 광고, 어디선가 들은 추천도서를 참고하면서 수시로 책을 장바구니에 넣었다 비웠다. 매달 4~5권의 책이 사무실로 도착했다. 그중 1~2권은 그럭저럭 완독했고, 1~2권은 받자마자 잘못 샀구나 싶었다. 『백범일지』처럼 어려운 책들이었다. 당시에는 나에게 맞는 책을 고르는 법을 몰랐다. 책은 출퇴근길 지하철에서 읽었다. 회사에서 집으로 책을 1권씩 옮겨 갔다. 직장동료 사이에서 나는 책을 좋아하는 사람으로 비춰지기 시작했다. 사무실 책상에 늘 책이 있고, 책이 주기적으로 바뀌니 그럴 만도 했다. 많이 부풀려진 모습이지만 그렇게 보이는 것이 싫지 않았다.

30대 초반에는 이직을 했다. 지방직 공무원이 되었고, 공공도서관에 배치받았다. 처음에는 낯설고 당혹스러웠다. 공공도서관을 이용해 본 적이 한 번도 없었기 때문이다. 조금 지나자 짜릿함이 밀려왔다. 공공도서관 직원이라니, 구청이나 주민센터에서 근무하는 것보다 근사하지 않은가. 적어도 책 구경은 원 없이 할 수 있겠구나.

이직을 할 무렵 나는 지독한 무기력과 공허함에 빠져 고통스러운 하루하루를 보냈다. 매달릴 무엇이 필요했을까? 그 시기에 아무 책이나 잡히는 대로 읽었다. 멀미가 나고 머리가 빙글빙글 돌고 무슨 소리인지 하나도 모르면서도 그냥 읽고 또 읽었다. 폭음을 하듯, 내가 책을 읽는 것이 아니라, 책이 나를 삼켜 버리는 것 같았다. 그렇게 묘한 독서생활을 2년 가까이 이어 갔고, 서서히 나의 리듬감을 되찾을 수 있었다. 다시 웃음을 되찾고, 사람들과 즐거운 시간도 보냈다. 감정이 잘 느껴지지 않아서 스스로를 차가운 로봇처럼 여겼는데, 미세한 감정이 서서히 살아났다. 예전에 몰랐던 느낌들을 조금씩 알게 되었고, 그 맛이 참 달았다.

마흔 즈음 독서모임을 시작한 이후에는 내 수준을 넘어서는 책 읽기 때문에 다소 버거웠다. 내가 그동안 애쓰지 않고도 후루룩 읽어지는 쉬운 독서만 해 왔었다는 것을 모임에서 알게 되었다. 혼자서는 뒷산 약수터나 동네 한 바퀴 산책을 즐기는 정도라면 독서모임은 전국의 명산을 둘러보는 등산 동호회 느낌이다. 모임의 수준에 맞추려면 용도에 맞는 등산화, 스틱을 준비해야 했다. 생수와 손수건도 필요했다. 때로는 아무 준비 없이 미끄러운 슬리퍼를 신은 채로 독서모임에 참여하는 기분이 들었다. 똑같은 책을 읽어도 어떤 회원은 여유롭고 편안했지만, 내 경우엔 마라톤 완주라도 한 듯 정신을 반쯤 잃은 채로 숨을 헉헉 몰아쉬곤 했다. 다행인 것은 어려운 와중에도 재미를 느꼈다. 모임이 끝날 때쯤엔 책을 읽느라 받은 스트레스가 싹 날아가고, 대화를 주고받으며 신나는 기분이 남았다. 독서모임은 '앞끝'보다 뒤끝이 좋았다.

독서모임에서 폴 오스터의 인터뷰 모음집 『글쓰기를 말하다』를 함께 읽은 적이 있다. 보통사람들에게는 한두 번 있을까 말까 한 놀라운 우연이 폴 오스터에게는 일상적으로 일어났다. 작가의 경험담을 읽으면서 나는 자연스럽게 우리 모임을 떠올렸다. 그때 부끄러워 못 한 말이 있다. 몸과 마음의 에너지가 바닥난 상태에서 느릿하게 빠져나오던 중, 이제야 뭔가 해 보고 싶다는 의욕이 피어나기 시작했다. 바로 그때 떡하니 하나의책 독서모임이 나타났다고. 기막힌 타이밍에 독서모임을 만나게 되어서 기쁘고 행복하다고.

이진영이 생각하는 독서모임 에티켓

- 단정적인 표현은 삼가 주세요.
- 지나치게 사적인 수다에 빠지지 않도록 발언을 점검해 주세요.
- 남의 말을 자르지 마세요.
- 책은 되도록 완독하고, 결석·지각을 하지 마세요.
- 내가 에티켓을 어긴 것 같다는 생각이 들면 간단하게라도 그 점을 언급하세요.

 ## 독서모임에서 읽은 책 베스트 3

1   에밀 아자르의 『자기 앞의 생』: 읽는 내내 따뜻했던 소설. 나도 주인공 모모처럼 살고 싶다.

2   밀란 쿤데라의 『농담』: 가장 어려운 소설이었지만, 완독했을 때 그만큼 보람이 있었다.

3   메리 셸리의 『프랑켄슈타인』: 숱한 시행착오 끝에 '고전 소설 읽는 법'을 알겠다는 '감'을 느끼게 한 소설이었다.

two
—

김 은 주

같은 생각을 공유하는 즐거움,
독서모임의 재미

빚을 갚는다는 마음

나이가 든다고 해서 삶이 나를 가만두는 것은 아니지만 적어
도 스스로를 못살게 굴거나 심하게 다그치는 일은 잘 하지 않
게 돼.[*]

박준의 산문집 『운다고 달라지는 일은 아무것도 없겠지만』에 나
온 구절이다. 나 같은 경우는 '삶은 나를 가만두는데, 스스로 끊임
없이 나를 못살게 하는 것' 같다는 생각이 든다. 이유야 여러 가지
가 있겠지만, 실천은 하지 않으면서 끊임없이 고민만 한다는 게 가
장 큰 문제이며, 그 중심에는 '새로움'을 싫어한다는 변명 아닌 변
명이 자리를 잡고 있다.

[*]   『운다고 달라지는 일은 아무것도 없겠지만』, 박준 저, 난다, 2017

결혼한 친구들이 농담처럼 하는 말이 '시'자만 들어가도 싫다는데, 나는 '새'자가 들어가는 건 다 싫다. 새로운 일도 싫고, 새로운 사람을 만나는 것도 그다지 좋아하지 않고, 뭔가를 새롭게 시작하는 것도 내키지 않으며, 새로운 곳에 가는 것도, 새로운 맛에 도전하는 것도 좋아하지 않는다. 이미 익숙해진 것들의 '편안함'이 좋은 거라 우겨 보고 싶지만, 사실은 두려움 때문이라는 걸 스스로는 안다. 또 그 새로운 것에 대한 두려움이 뭔가를 시작하는 것을 늘 망설이게 했고, 그로 인해 많은 기회를 잃은 것 또한 사실이다. 그래서 더 늦기 전에 뭔가 단 한 가지만이라도 새롭게 시작하자는 마음을 먹고 찾기 시작한 게 독서모임이었다. 그리고 운 좋게도 하나의책 독서모임과 연이 닿았고, 이렇게 해서 내 독서모임은 시작되었다.

많고 많은 도전 중 왜 하필 '독서모임'이었냐고 묻는다면 이건 꽤 오랫동안 마음에 남아 있던 부채감 같은 거라고 말을 해야 할 것 같다. 글을 써서 먹고사는 사람이라 그런지 가장 많이 듣는 질문 중 하나가 "책 많이 읽으시겠네요"였고, 이것은 지금도 가장 많이 듣는 말 중 하나다. 하지만 부끄러운 고백을 하자면 예전에도 그랬고, 지금도 그다지 독서량이 많다고 할 수는 없다. 그럼에도 불구하고 매일 수많은 단어와 문장을 쏟아 내야 하고, 뱉어 내야 하는 일을 하고 있기에, 수많은 책에서 단어와 구절을 빌려 올 수밖에 없었다. 정작 다 읽어보지 못한 책조차, 단 한 줄도 빼놓지 않고 꼼꼼하게 다 읽은 양, 작가의 생각을 다 이해한 양, 때로는 더 잘 이해하는 척하기도 했다.

그런 의미에서 나는 책에게 많은 빚을 지고 있다. 그리고 앞으로도 계속 빚을 져야만 한다. 그래서 더 늦기 전에 그 빚을 조금이나마 갚고 싶어졌고, 그 방법 중 하나가 독서라고 생각했다. 열심히 읽고, 열심히 이해하는 것, 그게 내가 할 수 있는 일이라 여겼고, 이것을 조금은 즐겁게, 조금은 재밌게 하면 좋지 않을까 생각해서 시작한 것이 독서모임이었다. 새로움에 대한 두려움도 있었지만, 또 내 마음을 무겁게 짓누르고 있는 부채감이 어느 정도 가벼워지려면 갈 길이 멀고도 멀겠지만, 독서모임이 함께한다면 그 걸음만은 무겁지 않을 거라는 생각이 들었다. 그리고 그 걸음은 아직도 현재 진행형이다.

독서모임이란 무엇인가

독서모임에 참여하고 싶다고 마음먹고 가장 바빠진 건 내 손이었다. 검색, 검색, 또 검색…. 자료나 정보를 쉽게 찾을 수 있다는 것은 좋지만, 너무 많은 정보와 자료로 인해 어떤 선택을 해야 할지 쉽게 판단이 서지 않는 것도 사실이다. 나처럼 '결정장애'가 있는 사람에게는 더더욱. 게다가 자료를 찾으면서 내가 그동안 관심이 없을 뿐이지, 참으로 많은 독서모임이 있다는 것을 깨닫고 새삼 놀랐다. 다양한 주제와 여러 형태로 진행되고 있는 수많은 모임을 보면서 감탄과 함께 머릿속은 뒤죽박죽되었고, 이미 유대감이 형성된 자리에 참여한다는 게 조금은 걱정이 돼 포기해야 하나 고민을 하기도 했다. 하지만 이런 망설임으로 인해 참 많은 기회를 놓친 후였고, 또 늦었다고 생각할 때가 가장 빠르다고 했으니 조급한 마음은 일단 접어 두고 찾은 정보들을 몇 가지 기준으로 정리하기 시작했다.

먼저 처음부터 너무 생소하거나 어려운 분야에 도전했다가는 금방 포기할 것 같아 그나마 조금 쉽게 접근할 수 있는 문학 모임 위주로, 그리고 독서모임 장소가 집에서 너무 멀지 않았으면 하는 바람도 있었다. 그동안의 경험으로 봤을 때 '집순이'인 나는 이동거리가 너무 먼 경우 중도에 포기한 일들이 꽤 많았다. 그래서 부담을 갖지 않고 오갈 수 있는 독서모임이 좋겠다고 생각을 했다. 이 두 가지 조건과 함께 그다음 한 일은 독서모임의 후기 같은 것을 찾는 일이었다. 참여해서 직접 경험한 이야기는 그 어떤 자료나 정보보다 요긴했고, 글을 읽는 재미도 쏠쏠했다. 글 자체는 말할 것도 없고, 독서모임을 하면서 느끼는 감정들 그리고 경험하는 일들이 얼마나 부럽든지 사실 여기서 내 고민은 반쯤 끝났다. 무조건 나도 그 재미를 느껴 보고 싶다는 마음이 불끈 치솟았다.

이렇게 나름 엄격한 기준을 거쳐 고르고 고른 독서모임이 '하나의책 독서모임'이었다. 내가 골랐다기보다는 선택되었다고 해야 할 것 같은데, 그 이유는 모집 과정이 남아 있었기 때문이다. 그래서 내 손은 다시 한번 바빠질 수밖에 없었다. 내가 모르는 사이 회원 모집 공지가 지나갈까 봐 얼마나 열심히 클릭을 하고 또 클릭을 했는지 모른다. 손이 열심히 일해 준 덕분에 다행히 모집 공지를 놓치지 않을 수 있었고, 마감되기 전에 신청을 해 독서모임을 시작하게 되었다.

손이 이렇게까지 '열일'을 했으면 이쯤에선 "독서모임 가서 재밌고 즐거운 시간을 보내고 왔대요~" 해야겠지만 독서모임 입성기는 아직 넘어야 할 산이 하나 더 남아 있었다. 바로 두려움이다. 나는 굉장히 소심하고 낯가림이 심한 편이라 새로운 사람들을 만나는 것에도 공포에 가까운 두려움을 가지고 있다. 물론 나이가 들면서 많이 무뎌졌다고 생각해 거의 잊고 있었던 부분도 있는데, 독서모임을 통해 아주 오랜만에 극강의 두려움을 맛보게 되었다. 독서모임 신청을 하고 첫 모임이 있기까지 내 머릿속은 전쟁통이었다. '그냥 못 한다고 할까, 뭘 못 해, 하면 되지.' 이런 생각들이 하루에도 열두 번씩 불쑥불쑥 나를 괴롭혔다. 그 고민은 첫 독서모임을 앞두고 집에서 출발해 하나의책 사무실로 가는 그 시간까지도 계속 되었다. 그런데 사무실 문을 딱 열고 들어서는 순간, 그동안 참 부질없는 고민을 했구나 싶어 헛웃음이 날 정도였다.

'고민했던 시간에 책이나 좀 더 열심히 읽을걸, 그랬으면 더 적극적으로 이야기에 참여할 수 있었을 텐데.' 후회 아닌 후회를 했을 정도로 고민했던 것들은 아무것도 아닌 일이 되었다. 하나의책 사무실은 내 작업실이었으면 좋겠다 싶을 정도로 아늑했고, 처음 만나 인사를 나눈 회원들은 아주 편안했다. 첫 모임, 첫 만남에서 그런 느낌을 받기가 쉽지는 않은데 아마 '독서'라는 공통분모가 있었기에 결속된 느낌이었고, 늘 함께해 온 것 같다는 기분이 들었던 것 같다. 그때 읽은 책은 오르한 파묵, 움베르토 에코, 무라카미 하루키, 폴 오스터, 이언 매큐언, 필립 로스, 밀란 쿤데라 등 유명 작가들의 인터뷰가 실린 『작가란 무엇인가』였다. 책 자체도 매력이 있지만 회원들과 주고받은 이야기들은 이 책을 더 풍성하게 만들어 줬고 다음 독서모임을 기다리게 해 줬다.

그렇게 비장하게 시작해서 이렇게 편안하게 끝이 나 다행이지만 당시 나에게는 큰 용기가 필요했고, 그 용기를 낸 스스로를 지금도 칭찬해 주고 싶다. 그래서 책은 읽고 싶은데 이런저런 이유로 자꾸만 미룬다거나, 내가 읽고 이해하는 내용이 맞는지 혹은 여러 사람들의 이야기를 들어 보고 싶다면 무조건 독서모임에 참여해 보라고 권하고 싶다. 일단 시작하면 독서만큼이나 재밌는 경험을 하게 될 거라고 장담한다.

말, 글 그리고 사람

극도의 두려움을 맛보고 나니 그다음은 오히려 쉬웠다. 그래서 처음 신청했던 문학 모임 외에 하나의책의 다른 독서모임에도 도전을 했다. 호프 자런의 『랩걸』 독서모임이었다. 꼭 읽어 보고 싶은 책이기도 했고, 주인공의 이야기가 남의 이야기 같지 않아 마음이 갔던 것도 사실이다. 지금 나는 글을 쓰며 먹고살고 있으니 어찌 보면 전혀 관계없는 일을 하고 있지만, 대학에서 자연과학을 전공한 탓에 실험실에서 일어나는 수많은 일들과 랩걸들이 어떻게 살아가고 있는지를 조금 더 잘 안다. 그래서 『랩걸』에서 들려주는 이야기가, 지금도 어느 실험실에서 치열한 일상을 보내고 있는 내 친구들의 이야기 같았다. 또 어쩌면 내가 걸어갔을 수도 있는 길이었기에, 연신 고개를 끄덕이며 마지막 책장까지 넘길 수 있었다.

　『랩걸』 독서모임을 계기로 오랜만에 타임머신을 타고 실험실로 잠깐 떠나 보기도 했다. 거창하게 졸업논문까지는 아니더라도 졸업을 하려면 실험을 하고 그 결과를 가지고 작성한 페이퍼를 제출했어야 하기에 방학 내내 실험실에서 보낸 적도 있다. 그것뿐만 아니라 수업 자체가 4시간씩 혹은 그 이상의 실험으로 채워지는 경우가 다반사라 강의실 못지않게 익숙한 곳이 실험실이었다. 그래서인지 지금도 그 실험실 풍경을 대충은 그릴 수 있을 것 같다. 가방에 아무렇게나 구겨 넣고 다녀 꼬질꼬질한 실험복을 입고 원하는 결과물을 얻을 때까지 다람쥐 쳇바퀴 도는 일상을 보내는 경우가 대부분이기는 해도 그 실험실에서도 참 재미있는 일들이 많았다.

언제인지 정확히 기억이 나지는 않지만 밤새 실험을 하다가 배가 너무 고파 하이에나처럼 먹을 것을 찾아 헤맸던 적이 있다. 하지만 실험실에 간식거리가 있을 리는 만무하고 결국 찾다가 포기하고 증류수에 라면을 끓여 먹은 적이 있다. 지금 생각이야 편의점에 갔다 오는 것이 더 빠를 것 같지만, 실험실을 나가는 것도 귀찮았고 일단은 너무 배가 고파 뭐라도 먹어야겠다는 생각이었다. 그래서 조리법대로 물의 양을 정확하게 비커로 재서 실험할 때처럼 아니 그보다 더 열과 성의를 다해 라면을 끓였는데, 그 맛은? 사실 너무 오래전이라 기억은 가물가물하다. 하지만 지금 이 순간 저절로 미간이 찌푸려지는 것을 보면 못 먹고 버렸거나 썩 맛있지는 않았던 것 같다. 설거지를 하면서 증류수에 라면을 끓인 상황이 너무 어이가 없어서 친구랑 깔깔깔 웃던 기억에, 찌푸려졌던 미간이 금

세 펴지기는 하지만 말이다.

이렇게 내 기억의 한 페이지를 소환하게 해 준 『랩걸』을 두고 독서모임에서는 여성 과학자의 삶에 대한 이야기도 물론 했지만, 각자의 삶에 대한 이야기를 더 많이 나누었다. 책 내용 자체가 열정을 잃지 않고 고난을 헤치며 큰 나무 같은 어엿한 과학자가 된 호프 자런의 인생 이야기였던 탓도 있겠고, 또 어떤 일을 하든지 비슷한 과정들을 겪고 또 견디며 살아가기 때문에 꿈꾸어 왔던 삶은 무엇이며, 지금 어떤 삶을 살고, 앞으로 어떤 삶을 살고 싶은지에 대해 많은 이야기를 나눴다.

특히 기억에 남는 대화는 호프 자런의 삶이 '나무, 과학 그리고 사랑'이었다면, 각자의 삶은 어떻게 표현할 수 있을까 하는 내용이었다. 나는 지금까지의 내 삶도 그리고 앞으로의 삶도 '말, 글 그리고 사람'으로 정의되었으면 좋겠다. 그리고 말과 글이 얼마나 많은 일을 할 수 있는지를 뼈저리게 느끼며 그래서 또한 얼마나 무서운지를 알고 언제나 겸손할 수 있기를, 그리고 그 중심에는 사람이 있어야 함을 늘 잊지 않기를 소망한다.

『노르웨이의 숲』보다는
『상실의 시대』로

　'작가 이해하기'란 테마로 진행된 문학 모임에서 함께 읽은 책은 『작가란 무엇인가』, 『글쓰기를 말하다』, 『소설가의 일』, 『노르웨이의 숲』, 『농담』이었다. 이 책들 중 내가 문학 모임을 꼭 하려고 했던 이유가 또 하나 있다. 그건 바로 기승전결 무라카미 하루키의 『노르웨이의 숲』이다.

　'서른일곱 살, 그때 나는 보잉 747 좌석에 앉아 있었다'라는 구절로 시작되는 『노르웨이의 숲』은 나에게 숙제와도 같은 책이었다. 무슨 이유 때문인지 대학시절부터 몇 번을 시도했지만 책장을 끝까지 넘기지 못한 책, 그래서 늘 보잉 747 좌석에만 앉아 있다가 내려야만 했던 책이 『노르웨이의 숲』이다. 어쩌면 그렇게도 책장이 안 넘어가는지, 작가와도 궁합이 있는 거라면 나는 하루키와 궁합이 안 맞는 게 확실하다. 그럼에도 책장에 꽂혀 있는 이 책을 볼 때마다 '언젠가는 꼭 읽고 말겠어'라고 의지를 불태우곤 했다. 이런 이유로 독서모임 선정 목록에서 이 책을 발견했을 때 얼마나 반갑고 설레던지. 이번에는 꼭 읽을 수 있겠다 싶어 내심 쾌재를 불렀다. 그래서 새 마음으로 꼭 읽겠다는 다짐으로, 책장에 이미 『상실의 시대』라는 제목으로 번역됐던 책이 꽂혀 있음에도 불구하고, 표지도 예쁜 새 책을 구입까지 했다.

이런 노력에도 나는 『노르웨이의 숲』을 다시 한번 포기할 뻔했다. 사실 이 책은 대학시절을 함께 보낸 친구의 책장에 늘 꽂혀 있던 책이었고, 그 친구가 가장 좋아하는 작가가 하루키였다. 그래서 이 책을 꼭 읽겠다는 마음을 먹었고, 다 읽은 후에는 뭐가 그리 좋았는지 꼭 한번 물어보고 싶었기에, 완독을 하겠다고 마음을 먹었었다. 그런데 큰 결심을 하고 책을 펼쳐 들려고 했을 때 갑자기 비보가 전해졌다. 전혀 준비되지 않은 이별이었고, 지금도 믿을 수 없는 일이다. 어디선가 잘 살고 있을 것만 같은데. 내 스무 살, 가장 빛나는 시간을 더 반짝거리게 만들어 준 친구를 이제 다시는 볼 수 없게 되었다. 『노르웨이의 숲』이 뭐가 그렇게 좋았는지도 물을 수 없게 되었다.

이런 이유로 『노르웨이의 숲』이 꽂힌 책장을, 아니 책을 보는 것이 쉽지 않았다. 펼쳐 보고 싶지 않았다는 것이 맞을 것 같다. 친구가 자꾸 떠올라 선뜻 손이 가지 않는 이 책을 독서모임을 핑계 삼아 꾸역꾸역 읽었고, 읽는 동안 책 내용 때문이 아니라 뭔가에 집중하면서 수많은 생각과 감정을 조금은 정리할 수 있었다. 그러기에 그 시간은 나에게 나름 힐링의 시간이었고, 애도의 시간이었다.

또한 독서모임에서 『노르웨이의 숲』에 대한 다양한 이야기를 나누면서 내가 미처 이해하지 못했던 부분들도 알게 되었고, 또 다른 관점으로 이해할 부분들을 찾을 수 있었다. 힘들었지만 읽기를 잘했구나 싶은 생각이 들었다. 이는 독서모임의 큰 장점 중 하나인데 모임을 통해 책을 이해하는 시야가 점점 넓어진다는 것은 흥미롭고 즐거운 일이다.

그럼에도 나는 『노르웨이의 숲』을 다시는 읽지 못할 것 같다. 책을 읽기 시작했을 때만 해도 그 친구가 가장 좋아했던 책이고, 늘 친구의 책장에 꽂혀 있었다고 단언할 수 있었는데, 지금은 자신이 없다. 책장에 꽂혀 있었는지도 그 친구가 이 책을 정말 좋아했었는지도. 그리고 더 마음이 아리고 아픈 건 그 사실을 확인할 수 없다는 것. 추억을 공유한 한 사람은 답을 해 줄 수가 없고, 또 한 사람은 그 추억을 기억하지 못하므로. 나에게는 가장 빛나던 시절이 떠나 버린 친구와 함께 상실돼 버린 것 같아 이 책은 『노르웨이의 숲』보다는 『상실의 시대』로 오래도록 기억될 것 같다.

구름나라에서 행복하게 지내고 있을 내 친구. 이제는 정말 '상실의 시대'가 되어 버렸지만, 가장 빛나던 그 시절을 함께해 줘서 고마웠다는 말을 꼭 전하고 싶다.

독서모임 참석자의 일

내가 쓰는 소설의 주인공이 '행동한다-좌절한다-곰곰이 생각한다-다시 행동한다'를 반복하면서 점점 결정을 향해 나아간다면, 소설을 쓰는 나 역시 '쓴다-좌절한다-곰곰이 생각한다-다시 쓴다'를 반복하면서 점점 소설 쓰기의 절정으로 올라가야만 하리라. 그러니까 먼저 소설가가 되라고 말한다면 순서가 잘못됐다.[*]

김연수의 『소설가의 일』에 나오는 내용이다. 소설가가 저러한 과정을 거쳐 써 내려간 책을 독자는 어떤 과정을 거치면서 읽게 될까? '읽는다-좌절한다-꾸벅꾸벅 존다-다시 읽는다' 아마 이런 과

---

[*]   『소설가의 일』, 김연수 저, 문학동네, 2014

정을 거치지 않을까. 이러다 보면 정해진 독서모임 날짜까지 읽어야 할 책을 다 읽지 못하는 경우가 종종 생긴다. 그리고 이럴 때 가장 큰 고민은 '완독을 하지 못한 상태로 독서모임에 참석을 해야 하나, 말아야 하나'일 것이다. 다른 일정 때문이라면 포기할 수도 있겠지만, 책을 다 못 읽은 상태에서는 여러 가지 고민을 하게 된다. '다 읽은 척하고 고개만 끄덕거리다가 올까?' '사실대로 다 못 읽었다고 고백을 할까?' '아니면 책을 못 읽었으니까 괜히 피해 주지 말고 참석하지 말까?' 나 역시 이런 고민을 한 적이 있고, 이런 저런 고민 끝에 책을 완독하지 못한 상태로 독서모임에 참석한 적이 있다.

하필이면 그날 나는 독서모임이 진행되는 하나의책 사무실에 다른 때보다 조금 일찍 도착했다. 무슨 운명의 장난이라고 해야 할까. 사무실에서는 독서모임 운영자들의 모임이 진행되고 있었다. 밖에는 소나기가 내리고 있어 다시 나가기도 뭣해서 한쪽 구석에 앉아 운영자들의 이야기를 아주 잠깐 듣게 되었다. 그러다 너무 양심에 찔려서 움찔움찔할 수밖에 없었다. 그분들이 가장 힘든 경우가 회원이 책을 완독하지 않고 나올 때라고 했다. 그 말을 듣는데 얼굴이 시뻘게지고 얼마나 뜨끔했는지는 아마 나만 알고 있을 것이다. 그럼에도 이렇게 고백을 하는 건, 변명을 하기 위해서다.

운영자 입장에서는 책을 안 읽고 오는 혹은 미처 다 읽지 못한 회원으로 인해 독서모임이 매끄럽게 진행되지 못하니 힘들다고 했을 것이다. 그런데 독서모임 참가자로서 변명을 하자면, 일단 나는 책을 다 읽지 못했더라도 독서모임에는 참석하기를 권한다. 완독을 하지 않아 다른 사람들이 주고받는 이야기에 적극 동참하지 못할 수도 있고, 회원들이 주고받는 이야기를 다 이해하지 못할 수도 있고, 남의 말을 듣고 나면 그 책에 선입견이 생길 수도 있다는 걱정도 있겠지만, 그 역시 독서의 한 방법이라고 생각한다. 책을 읽을 때 내용이나 정보를 전혀 모르고 시작하기도 하지만, 기본 지식을 갖고 읽기도 하는 것처럼 논의된 이야기를 알고 있다고 해서 그게 책을 읽는 데 크게 방해가 되지는 않았다. 오히려 독서모임에서 듣지 못하고 봤더라면 고민했을 부분들이 좀 더 쉽게 읽혔고, 나름 내용을 정리하는 데도 많은 도움이 되었다.

그래서 지금도 책을 완독하지 못해 독서모임에 참석해야 하나 말아야 하나 고민하는 분들이 있다면, 나는 일단 참석하라고 이야기하고 싶다. 토론에 100% 참여하지 못해 느끼는 답답함 때문에 다음 모임에는 더 책을 열심히 읽을 것이며, 100% 이해하지 못한 상황에서 들었던 혹은 논의됐던 이야기도 나중에 책을 읽을 때 많은 도움이 되기 때문이다. 이런 과정 역시 좋은 경험이라고 생각한다. 그러니 독서모임 운영자 여러분들~ 조금은 힘드시겠지만 완독을 못하고 오는 분들도 잘 좀 봐주시기를~

고민하지 않아도 된다는 즐거움

독서모임에서 내가 찾은 또 하나의 기쁨은 '고민하지 않아도 된다'라는 즐거움이다. 막상 책을 읽겠다고 마음을 먹고 나면 그 다음에 맞닥뜨리는 문제가 뭘 읽어야 할지를 모르겠다는 점이다. 너무도 많은 책이 넘쳐 나는 상황에서 어떤 책을 골라야 할지는 어렵고 힘들다. 그래서 독서 욕구가 생겼을 때 나 같은 경우는 가장 손쉽게 접근하는 방법이 일단 베스트셀러 목록부터 훑어본다. 이미 읽은 책을 목록에서 찾으면 굉장히 반갑기도 한데 그런 경우가 거의 없으니, 그다음은 제목이나 마음에 드는 작가를 골라 책을 주문하거나 도서관에서 찾아보는 식으로 독서를 하는 편이다. 그런데 이렇게 고른 책은 대부분 나와 맞지 않은 경우가 많았고, 자기계발서를 썩 좋아하지 않는 개인적 취향 때문에 요즘에는 베스트셀러 목록에서 적당한 책을 고르기도 쉽지가 않다. 이런 식으로 '읽을 책을 못 찾겠어' 혹은 '어떤 책을 읽어야 할지 모르겠어'라는 이유로 책과 점점 멀어지게 된 것 또한 사실이다.

이런 점에서 도서가 지정되는 독서모임이야말로 나 같은 사람에게는 금상첨화다. 일단 어떤 책을 읽어야 할지 고민하지 않아도 되고, 또 이번에는 어떤 책들을 만나게 될까 하는 설렘도 있고, 그렇게 '오~ 이런 책도 있었네'라고 느끼는 새로움까지 있으니 금상첨화란 말이 딱 맞다. 간혹 선정된 도서가 나의 취향과 생각에 맞지 않아도 '음~ 이런 책도 있었구나'라고 넘어갈 수 있다. 책을 읽는 동안은 좀 답답하고 힘든 시간을 보냈더라도 독서모임을 하면서 이야기를 나누다 보면 내가 미처 생각하지 못했던 부분도 많이 알게 된다. 그러기 때문에 그 책을 괜히 읽었다거나 시간을 낭비했다라는 생각이 드는 일은 거의 없다. 그래서 독서가 좋은 건지, 독서모임이 좋은 건지 헷갈리기도 하지만, 뭐가 더 좋든 간에 독서를 즐겁게 할 수 있다면 그것으로 괜찮은 것 아닌가.

'고르지 않아도 되는 즐거움' 속에서 만난 인연이 바로 나쓰메 소세키의 책들이었다. 『나는 고양이로소이다』, 『도련님』, 『마음』까지 세 번의 기분 좋은 만남은, 읽어야 할 책이라는 부담감보다는 재미있는 설렘이었다. 『나는 고양이로소이다』와 『도련님』은 '제목이 독특하네' 정도에서, 『마음』은 있는지도 몰랐던 책이라 독서모임이 아니었다면 아마 끝끝내 읽어 보지 않았을 거라는 생각이 든다. 모르고 지나갔더라면 억울했을 것 같다는 생각이 들 정도로 책을 읽는 시간은 물론 그 뒤에 이어진 독서모임에서의 토론까지 생각하면 '고르지 않아도 되는 즐거움'에 '읽고 이야기하는 즐거움'까지 더해 줬다.

지금도 책장에 꽂혀 있는 세 권의 책을 보면서 괜히 뿌듯하고 흐뭇해지는 것을 보면 '고르지 않아도 되는 즐거움'은 좋은 선택이었던 것 같다. 그래서 책은 읽고 싶은데, 뭘 읽어야 할지 모르겠다, 혹은 자신의 독서 취향을 잘 모르겠다는 고민을 한다면 선정도서로 진행되는 독서모임에 한번 참여해 보는 것도 좋은 방법이라고 생각한다. 생각지도 못한 책을 만나기도 하고, 숨어 있던 보석 같은 책도 만날 수 있고, 또 설사 나랑 안 맞는 책을 만나게 되더라도 그러면서 내 취향이나 내 독서 패턴을 조금은 더 정확하게 알 수 있으니 그것만 해도 큰 수확이 아닐까 싶다.

더 큰 빛을 남긴 즐거운 만남

처음 독서모임을 시작할 때는 독서량을 좀 늘려 보고 싶다는 욕심이 있었다. 하지만 고백하건대 나는 한 달에 한 권 읽는 것도 사실 힘에 부칠 때가 많다. 그래서 미처 다 읽지 못하고 독서모임에 참석한 적도 있고, 집을 나서기 직전까지 휘리릭 책장을 넘기다가 뛰어간 적도 있다. 그럼에도 내가 독서모임을 기다리는 건 같은 생각을 공유할 수 있다는 점 때문이다. 독서라는 게 혼자서도 얼마든지 가능한데 굳이 모임까지 해야 되나 싶을 수도 있다. 그런데 내가 독서모임에 어떻게든 참석하려고 애쓰는 이유는 같은 생각을 공유하는 경험이 책을 읽고 거기서 맛보는 희열 못지않게 또 다른 즐거움을 주기 때문이다.

새로운 사람들을 만났을 때는 물론이고 오래 알고 지낸 사이라도 다른 환경과 상황에서 지내다 보면 어느 순간부터 공통적인 이야깃거리는 사라지고 서로 각자의 말만 하는 경우가 많다. 그래서인지 흔히 말하는 '말이 통하는 사람'을 만나는 것이 점점 어려워지고 있다. 그렇기에 책도 읽고 그 책을 읽고 나서 생각을 공유할 수 있는 독서모임은 나에게 행운과도 같은 일이다. 그래서 모임을 시작할 때는 빚을 갚는 마음으로 책을 읽겠다고 했던 다짐과 달리 마음의 부채는 오히려 더 늘었다. 독서모임을 하면서 힐링의 시간을 보냈고, 애도의 시간을 가졌으며, 또 치유의 시간을 보냈으니 마음의 부채가 눈덩이처럼 불어났다는 것이 맞는 말인 것 같다. 이것은 아마 평생 갚아도 다 갚지 못할 정도가 됐지 않을까.

이제 나는 '내 인생 최고의 책'이라는 1년 프로젝트 독서모임에 참여하고 있다. 회원들이 각자 생각하는 최고의 책을 골라 함께 읽는 모임이다. '내 인생 최고의 책'이라는 거창한 제목의 독서모임 일원으로 활동하지만, 어쩌면 나는 아직 내 인생 최고의 책을 만나지 못했는지도 모른다. 그렇기에 나는 '내 인생 최고의 책'을 찾기 위해, 독서모임에서 얻은 즐거움으로 갚아야 할 빚은 몇 배가 더 됐기에 더 열심히 독서를 해야 한다. 이제는 그로 인해 삶이 한 스푼은 더 즐거워졌기에 그 부채감을 충분히 즐기면서 재밌는 책 읽기를 하려고 한다.

김은주가 생각하는 독서모임 에티켓

- 내 말이 길어지면 누군가의 발언 시간이 줄어들 수 있으니 자신의 발언 시간을 조절해 주세요.
- 자신의 의견과 다른 발언이 나와도 집중해 주세요.
- 늘 열린 마음으로 다른 사람의 이야기에 귀 기울여 주세요.
- 다른 사람들의 의견에 대해 지지·격려·칭찬할 것이 있으면 마음껏 표현해 주세요.

 독서모임에서 읽은 책 베스트 3

1 김연수의 『소설가의 일』: 좋은 글이란 무엇인가를 새삼 느끼게 해 주었다.

2 호프 자런의 『랩걸』: 나무, 과학 그리고 사랑을 통해 삶에 대해, 인생에 대해 다시 한번 돌아볼 수 있었다.

3 유발 하라리의 『사피엔스』: 내용도 재미있었지만, 완독을 했다는 것 자체로도 뿌듯하다.

three

―

최 인 애

또 다른 방식으로
나를 이끄는 독서모임

독서모임 시작해 볼까?

　나는 개업한 공인중개사다. 임대인과 임차인, 매도인과 매수인, 건물주라는 단어를 하루에도 무수히 반복한다. 주택임대차 보호법이나 상가임대차 보호법 등을 수차례 설명한다. 주택이나 건물 관련 법률과 판례 등을 수없이 찾아보고 부동산 투자 공부도 한다. 이 모든 것이 내가 하는 일이다.

　나의 직업에 곱지 않은 시선이 있다는 것을 잘 안다. 사무실의 컴퓨터 앞에 편히 앉아 있다가 손님이 찾는 집 몇 개 보여 주고, 손님이 마음에 들어 하면 어렵지 않게 계약을 진행하고, 쉽게 중개수수료를 번다는 인식이 있다는 것을 안다. 그러나 직접 경험하지 않은 일에 대해서는 함부로 평가해서는 안 된다는 것을 일하면서 뼈저리게 느꼈다.

　공인중개사는 손님이 찾는 물건을 보기 위해 시간 날 때마다 집을 보러 다녀야 한다. 계약 하나를 성사하기 위해 같은 집을 수십 번 방문한다. 노력 대비 쉽게 되는 계약도 있지만 그런 경우는 드물다. 손님이 원하는 가격으로 집주인과 겨우 협의를 해 놓으면 다시 생각해 본다는 경우가 다반사다. 계약을 약속해 놓고 계약 당일에 나타나지 않는 손님도 더러 있다. 계약서를 다 작성했는데 계약금을 입금하지 않아 무산되는 경우도 종종 있다. 이렇듯 언제 어디서 변수가 생길지 모르는 게 부동산업이다. 이렇게 치열한 삶의 현장에서 나에게 그나마 마음의 위로를 주는 것은 책이다. 딱히 잘하는 것도 좋아하는 것도 없고, 어떤 분야에 미치듯이 집중하지도 못하는 내가 그나마 부담을 느끼지 않고 꾸준히 하는 것은 책 읽기다.

사실 어릴 때는 책을 그렇게 좋아하지 않았다. 그저 교과서를 보는 게 전부였고 고등학교 때 유행했던 하이틴 로맨스 소설을 읽은 게 고작이었다. 그런데 언젠가부터 내 손엔 책이 있었다. 왜 책을 읽게 되었는지 잘은 모르지만 '책을 읽으면 내 청춘의 시간들이 좀 더 윤택해지지 않을까'라는 기대가 어렴풋이 있었던 것 같다. 대학교에 입학해서는 독서모임 동아리에 들어가서 책을 읽었고, 책을 읽고 발표하는 문학수업을 일부러 수강했다. 지금 돌이켜 생각해 보면 그때부터 독서가 하나의 습관이었던 것 같다. 대학교를 졸업하고 사회생활을 하면서 책 읽는 시간들이 조금 줄기는 했지만 그래도 꾸준히 책과의 인연을 유지하고 있었다. 그런데 갑자기 마음의 동요가 일었다. 책을 통해 새로운 도전을 하고 싶었다. 그래, 찾아보자!

　2017년 추운 겨울의 날씨가 한참 기승을 부리던 1월의 어느 날이었다. 부동산 중개업을 시작하면서 마케팅 목적으로 블로그를 시작한 지 얼마 되지 않았던 나는 블로그 탐방을 다녔다. 부동산 블로그에 도움이 될 만한 블로그를 찾아다녔으며, 마음 한구석에서 계속 치고 올라오는 소리에 집중하며 연신 클릭을 했던 시기다. 다양한 주제의 블로그도 찾다가 눈에 꽂힌 게시물이 있었다. 독서모임을 소개한 글이었다. 찬찬히 읽어 보니 내가 사는 관악구의 독서모임이었다. 모임 장소도 집에서 멀지 않았다. '한번 가 볼까?' 참가신청을 하는데 일말의 망설임도 없었다. 그 독서모임은 하나의책에서 진행하는 '관악 독서모임'이었다.

나의 절박한 독서

나는 무엇을 해야 할지 망설일 때는 주저 없이 책을 든다. 그렇다고 다방면의 책을 읽은 것은 아니고 관심 있는 책만 읽는 편이었다. '책 편식'이 심해서 다양하게 읽기 위한 노력은 했지만 그리 쉽게 개선되지는 않았다. 독서모임을 통해 그런 습관을 고쳐 볼 생각도 있었고, 오랜만에 참석하는 독서모임은 과연 어떨지 궁금했다. 한편으로는 마음 한구석에 눌려 있는 불안감을 해소하고 싶은 심정이었다.

한때 힘든 마음을 가눌 수가 없어 하염없이 깊은 바다의 밑바닥으로 끝없이 가라앉을 때가 있었다. 아니 늘 그런 상태였다고 말하는 게 맞을 것이다. 그럴 때마다 활자를 읽는 것으로 불안감을 억세게 눌렀다. 나는 왜 태어났는지, 과연 가치 있는 삶을 살고 있는지 또는 내 존재의 값을 제대로 치르고 있는지 등의 고뇌에서 불안은 시작됐다. 여기에 보이지 않는 안개 속을 헤매고 있다는 심정으로 미래가 두려웠고, 경제적 자유를 얻을 수 있을까 걱정하는 마음이 불안의 원인이었다.

이런 상태를 회피하려고 활자를 찾았다. 만화책, 잡지, 소설, 신문 등 분야를 가리지 않고 무턱대고 읽어 나갔다. 직장생활에서 받은 스트레스를 풀기 위해 퇴근과 동시에 서점으로 달려가곤 했다. 서점에서 아무 책이나 읽어 댔다. 어떤 책은 몇 장 읽는 것만으로도 벅찬 희망을 줬다. 그러자 '그래! 나도 할 수 있어!'라는 밑도 끝도 없는 자신감이 생기기도 했다. 또 어떤 책은 결코 드러내고 싶지 않은 나의 불안함을 여지없이 끄집어내기도 했다.

책을 읽고 나서 가끔은 작가가 무엇을 말하고자 하는지 전혀 갈피를 못 잡을 때도 있었는데 그럴 때는 나의 이해력 부족에 대한 자책감이 밀려오곤 했다. 더 큰 문제는 책을 읽은 후 나의 태도는 그대로라는 것. 여전히 나태한 태도로 미온적인 생활을 했다. 하지만 서점은 계속 찾았다. 그렇게 몇 년 지내다 서점에 가는 게 뜸해졌다. 대신 도서관에 가서 책을 빌리고 예약하며 책을 읽었다. 그리고 혼자만의 리뷰도 쓰고 필사도 했다. 그러다가 문득 궁금했다. '다른 사람들은 이 책에 대해 어떤 생각을 할까?' 그러던 차에 관악독서모임을 발견한 것이다.

새로 만난 독서모임

낙성대역 근처의 청년 공간이 관악 독서모임 장소였다. 그때는 독서모임과 1인 출판사에 대한 전반적인 얘기를 나누면서 시간을 보냈다. 2시간 가까이 진행됐는데 예상보다 느낌이 좋았고 따뜻했다. 전혀 알지 못했던 1인 출판사에 흥미가 생겼다. 무엇보다 들뜬 기분이었다. '이런 분위기의 독서모임이라면 참여해도 좋을 것 같은데?' 그길로 나는 다음 독서모임에도 참석하겠다고 마음을 다졌다. 그렇게 단박에 마음을 먹은 건 오래전에 참석했던 독서모임에서의 불쾌한 경험을 홀홀 털어 버리고 싶은 무게감 때문이었다.

부동산 투자 공부를 위해 참석했던 모임이 있었다. 인원이 많아 제법 규모가 큰 모임이었다. 당시 누군가가 부동산 투자 책 이외에 다른 분야의 책을 읽고 얘기를 나누어 보면 어떻겠냐는 제안을 했다. 다들 흔쾌히 좋다고 해서 뚝딱 독서모임이 만들어졌다. 처음 만들어진 독서모임이어서 그런지 초반에는 서먹했지만 그런대로 순조롭게 첫 독서모임이 끝났다. 그렇게 한 달에 한 번씩 모여서 다양한 책을 읽고 서로의 소감을 펼쳐 냈다.

공감되는 부분에서는 "아, 맞다! 나도 그랬는데!"라면서 맞장구를 쳤고, 생각이 다른 부분에서는 "저는 그 내용에 대해서는 다르게 생각합니다"라면서 다른 의견을 제시하기도 했다. 그렇게 순조롭게 진행되던 독서모임이 어느 순간 삐걱거리기 시작했다. 독서모임 주관자가 바뀌었는데 그의 진행방식이 독단적이었다. 자신의 생각과 다른 의견에 불쾌한 기색을 감추지 못했다. 한두 번은 이해하고 넘어갔지만 횟수가 거듭될수록 그는 타인의 다른 생각을 전혀 인정하지 않는 모습이었다. 소감을 얘기하는 사람의 말을 중간에 자르는가 하면 책을 그렇게 이해하고 해석하면 안 된다면서 자신의 생각만 옳다는 식으로 진행했다. 그러자 사람들도 점차 참석을 하지 않았고 나 또한 굳이 시간을 허비하고 싶지 않았다. 진행자의 독단적인 모습에 크게 실망한 나는 그 뒤론 아예 독서모임에 관심을 두지 않았다.

그러니 나에게 관악 독서모임은 하나의 도전이었다. 또다시 예전의 상처로 남았던 독서모임처럼 되지 않을까 하는 우려가 컸다. 정작 내 자신이 타인의 다름을 인정하지 못하는 잘못을 저지를까 봐 염려하는 마음도 있었다. 이런저런 두려움을 억지로 잠재우고 참여한 관악 독서모임은 다행히 나에게 한 줄기 불빛을 밝혀 주는 등대와도 같았다. 모임은 신선했으니 나의 새로운 실험 또한 성공적이었다. 이렇게 편안한 분위기의 독서모임이라면 언제든지 기꺼이 즐겁게 참석할 수 있겠다고 생각했다. 그렇게 나는 다시 독서모임에 들어갔다. 책에 대해 같은 생각을 나누면서 진정한 공감을, 다른 생각을 가진 부분에서는 상대를 존중하면서 본인의 의견을 드러내는 모습이 따뜻했다.

그런데 관악 독서모임에서 가장 좋았던 것은 평소 드러내지 않았던 나의 모습을 스스로 하나씩 보여 줬다는 점이었다. 나는 내성적이면서 소심한 편이다. 타인에게 나를 잘 드러내지 않는데, 독서모임에서 조금씩 가까워진 사람들에게는 나를 많이 내보이고 있다. 모임에서는 말도 많이 하고 처음 만난 이들과도 편하게 대화를 나눈다. 다른 모임에는 잘 참석하지 않는 내가 독서모임에는 열성적인 것을 보고 지인들은 신기하게 생각한다. 그만큼 나는 독서모임에 푹 빠졌다. 그래서 철학 독서모임, 『천일야화』 읽기 모임에도 추가로 참석하며 즐거운 시간을 보냈다. 독서모임은 내 삶의 또 다른 활력소로 그리고 또 다른 방식으로 나의 삶을 주관하기 시작했다.

내게는 각별한
『천일야화』독서모임

　『천일야화』읽기는 하나의책 독서모임 회원이 진행했다. 6개월 동안 6권의 책을 읽으면서 이야기를 나눴는데 기억에 많이 남는다. 처음 책을 접했을 때는 긴 문장의 문체에 적응하느라 애를 먹었고, 과장된 표현들이 좀처럼 쉽게 다가오지 않아서 책을 읽으면서 고생을 했다. 그러나 1권씩 읽어 나가면서 점차 책의 문체에 익숙해졌다. 무엇보다 아랍 문화권의 책을 접할 기회를 갖게 되어서 더욱 각별한 독서모임이다.

　『천일야화』를 읽고 나서 독서모임 회원들과 이야기를 나누었을 때 가장 많이 언급된 발언은 이 작품이 여성을 비하하고 천시하는 경향이 짙다는 점이었다. 여성은 대체적으로 현숙하지 못하고 천박하며 이기적인 존재로 많이 그려졌다는 이야기를 회원들과 많이 공유했다. 아무래도 여성을 존중하는 시대가 아니었기에 그러한 분위기가 고스란히 책에 스며든 게 아닌가 싶어 안타까웠다. 이와 함께 우리는 책에서 접한 자본력에 따른 차별, 계급에 따른 차별 등의 문제가 여전히 현존한다는 이야기도 나누었다. 서로 비슷한 생각들을 하고 있어서 공감이 되는 부분도 많았지만 때로는 다른 시각으로 다르게 해석하는 의견도 있어서 나의 좁은 생각을 좀 더 넓게 확장해 주는 계기가 되었다.

『천일야화』를 접하면서 잔혹한 내용과 장면이 많아서 읽는 동안 적잖이 놀라기도 했다. 게다가 도저히 이해가 안 가는 상황과 사건 그리고 인물도 많이 등장해 '이게 말이 되는 상황인가?'라고 의문을 가지기도 했었다. 이런 시간을 보낼 즈음 김영하 작가의 강연회에서 해답을 얻었다. 김영하 작가는 소설을 읽으면 다른 사람의 삶을 알고 타인을 이해하는 시야가 넓고 깊어진다는 말을 했다. 그 말을 듣자 『천일야화』에 등장한 인물들의 삶을 내 기준이 아닌 그들의 방식으로 이해할 수 있었다.

짧지만은 않았던 6개월 동안 다채로운 스토리와 다양한 삶을 경험하게 해 준 『천일야화』 독서모임은 그래서 오래도록 기억될 것이다.

나의 직업 변천사
그리고 책

　그동안 나는 적잖은 직업의 변천사를 거쳤다. 대학을 졸업하고 노량진에 가서 공무원 시험을 준비했고, 시험 실패 이후 방문교사로 아이들을 가르쳤다. 그러다 지인의 부탁으로 학원에서 영어 강사로 수업을 했다. 처음에는 유아 및 초등학교 저학년 학생들만 가르치다가 초등학교 고학년과 중학생 수업을 했고 고등학생 수업까지 하게 되었다. 수업을 시작하면서 긴장되고 두려웠지만 나도 기초부터 배운다는 자세로 공부하면서 수업했다.

　그때 정말 다양한 학부모와 각양각색의 학생을 만났다. 부모들의 걱정과 관심사는 당연히 시험 성적이었다. 하지만 공부를 좋아하는 학생은 거의 없었고 부모님의 성화에 못 이겨서 학원에 오는 학생이 대부분이었다. 학교에서도 공부, 학원에서도 공부에 지친 아이들이 안타까웠다. 하지만 우선은 학생들의 성적을 향상시켜야 한다는 의무감에 여느 선생님처럼 가르치기에 급급했다.

당시 나는 시험기간에는 중등부·고등부의 중간고사 및 기말고사 준비에 바빴고 토요일에도 특강을 했다. 평상시보다 학원에 일찍 도착하거나 잠시 쉴 때는 책을 읽으며 시간을 보냈다. 그런 내 모습이 학생들의 눈엔 다소 생소했었나 보다. 아이들과 조금씩 친해질 무렵 고등학교에 다니는 아이가 조심히 다가오면서 말을 건넸다. 자기도 책을 읽고 싶은데 어떤 책을 읽어야 할지 모르겠다는 뜻밖의 질문이었다. 나는 바로 대답을 해 주지 못했다. 어떤 종류의 책에 관심이 가느냐고 물어보니 "공부에 관련된 책을 읽고 싶다"라고 대답했다. 지금은 비록 공부에 흥이 나지 않고 성적도 저조하지만 대학에는 꼭 가고 싶다는 아이는 공부에 집중하는 데 도움이 되는 책을 알려 달라고 말했다. 그때는 내가 공부 관련 도서를 읽어 본 적이 없었기에 찾아보고 추천하겠다고 일단 대답했다.

그때부터 나는 학생이 읽기에 좋은 책을 찾았고 마침 인터넷 기사를 보게 되었다. 예일대에 재학 중인 이형진 저자가 쓴 『공부는 내 인생에 대한 예의다』를 다룬 기사였다. 마침 책 제목도 강렬하게 느껴졌다. 책을 읽고 나니 그 학생에게 도움이 되겠다는 생각이 들어 추천해 줬다. 학생은 꼭 읽어 보겠다고 대답했고 나중에 내가 독후감을 물어봤던 기억이 어렴풋이 난다.

내가 학원에서 책을 읽으니 어떤 학생들은 본인이 읽은 책을 소개하면서 읽어 보라고 빌려주기도 했다. 아이들은 다양한 분야의 책을 빌려줬다. 역사책이나 천문학 도서, 추리소설 등 본인들이 좋아하는 책을 빌려주었다. 그리고 나면 나에게도 책 읽은 소감을 물어보는 학생들이 있었다. 내가 책을 돌려줄 때 학생들이 책에 대한 소감을 자세히 묻곤 해서 건성으로 읽지를 못했다. 이런 식으로 책 이야기를 진지하게 나누다 보니 아이들과 같은 책을 읽고 얘기를 주고받는 친밀한 관계가 되어 거리감을 좁힐 수 있었다. 수업을 하다가도 아이들이 지루해하면 읽었던 책 중 학생들이 흥미를 가질 책을 골라 내용을 들려주거나 추천하곤 했다. 의외로 집중해 듣는 학생들도 있어서 오히려 책을 소개할 때 신중에 신중을 기했다.

그렇게 학원에서 바쁜 시간을 보내던 중 텔레비전 요리 프로그램에 푹 빠지게 되었다. 먹는 것을 좋아하고 몸을 부지런히 움직이는 편이라 음식 만드는 것도 그런대로 하지 않을까 하는 막연한 생각을 가졌다. 그러던 것이 '요리를 배워 새로운 일을 시작할까'라는 고민을 했고, 오랜 고심 끝에 학원 강사를 그만두고 요리 학원에 등록했다. 그때부터 본격적으로 한식과 양식을 배우기 시작했다. 자격증을 땄고 음식점에 취업을 해서 2년 정도 근무도 했다. 어느 정도 실력이 쌓이면 음식점을 개업할 요량으로 홀, 주방 등에서 분주하게 일했다. 그렇게 실전 경험을 쌓으며 틈틈이 식당 운영 및 경영 관련 책을 읽었다. 부푼 꿈을 안고 도전했지만 현실과 이상은 엄연히 다른 법이다. 손님이 몰리는 점심·저녁시간 주방은 전쟁터를 방불케 한다. 정신없이 바쁜 생활을 2년간 했다. 아침에 눈뜨면 출근하고 늦게까지 일하면서 노동은 반복되었다. 그런데 나는 그 틈을 비집고서도 책을 읽었다. 아마도 고된 마음과 육체를 책으로 위로받고 싶다는 생각이 컸던 것 같다.

주로 경영 분야나 심리학 그리고 인문학 도서를 읽었다. 기억에 남는 책 하나. 물먹은 솜처럼 천근만근 무거운 몸을 이끌고 버스를 타고 집으로 가던 중이었다. 빽빽하게 많은 사람들이 버스에 타서 손잡이를 잡지 않아도 될 정도였다. 그곳에서 한 중년 남성이 책을 읽고 있었다. 한 손은 버스 손잡이를 잡은 채였다. 이렇게 비좁은 버스 안에서 책이라니. 신선한 충격이었다. 호기심이 발동한 나는 그분이 어떤 책을 읽고 있는지 유심히 지켜봤다. 이지훈 저자의 『혼창통』이었다. 다음 날 바로 사서 읽었다. 한 번만으로 끝낸 게 아니라 몇 번은 더 읽었다. 대가들의 성공비결에 담긴 공통의 키워드를 소개하는 그 책을 나는 필사하고 곳곳에 포스트잇을 붙여 가며 열성적으로 읽었다. 나에게 뜨거운 무언가를 느끼게 한 책이다. 지금도 『혼창통』 책 표지만 보면 당시에 느낀 뜨겁게 솟아올랐던 감정이 떠오른다.

그 뒤로 좀 더 전문적인 길을 가자는 생각으로 공인중개사 시험을 봐 합격했고 이제는 현장에서 일을 하고 있다. 여전히 틈틈이 책을 읽고 싶어서 책상에는 늘 책이 있다. 부동산에 관련된 책을 주로 읽지만 다양한 책을 읽으려고 노력한다. 어쩌면 이런 노력이 나를 독서모임으로까지 이끈 것은 아닐까.

시작한 책은 완독하나요?

독서모임에 참가하면서 나는 매달 다양한 분야의 책을 읽는 생소한 경험을 하고 있다. 혼자라면 결코 읽지 않았을 책을 이렇게 접하는 것은 큰 도움이 되었다. 미처 생각하지 못한 다른 세계의 책을 접하면 미지의 세계를 탐험하듯 긴장되면서도 설레는 시간을 보내게 된다. 이렇게 다양한 책을 좋아하는 편이지만 읽기 시작한 책을 모두 완독하는 것은 어렵다. 책 읽기를 시작하면 웬만하면 다 읽으려고 노력하는데 그래도 도저히 쉽게 넘어가지 않는 책들이 있기 마련이다. 처음에는 그것이 스트레스로 다가와 고민이었다. 하지만 그렇게까지 고민하면서 책을 읽을 필요가 없다는 생각에 지금은 과감하게 덮어 버린다. 개인적으로 선택한 책은 이렇게 대하면 되는데 문제는 독서모임에서 지정된 책이 그러한 경우일 때다.

대체로 나는 독서모임 도서는 어떻게든 완독을 하고 참석을 했다. 그런데 철학 독서모임에서는 도저히 읽는 게 어려워서 다 읽지 못하고 참석한 적이 간혹 있었다. 그때 솔직하게 말했다.

"이번 책은 조금밖에 읽지 못하고 참석하게 됐습니다. 죄송합니다. 여러분께서 나누는 말씀을 귀담아 잘 듣겠습니다."

그리고 나서 다른 사람들의 의견을 집중해 들었다. 그 가운데 페르난도 페소아의 『불안의 책』은 다른 분들의 이야기를 들으면서 꼭 완독해야겠다는 리스트에 올린 책이다. 처음에는 내가 느끼는 불안감이 그대로 다 도드라져 표현이 됐을까 봐 두려운 마음이 앞선 책이었다. 나 자신을 오롯이 민낯으로 대면하는 게 너무나 두려울 때가 있는데 그 책이 그런 두려움을 건드려 줄 것만 같았다. 하지만 독서모임에서 다른 분들이 나눈 대화를 들으니 두려움은 호기심으로 바뀌었다. 작가가 다룬 불안을 만나 보고 싶어졌고 언젠가는 완독하겠다는 계획이 생겼다.

독서모임 초창기나 지금이나 완독에 대한 생각은 마찬가지다. 독서모임 도서는 웬만하면 완독하고 나갈 것. 피치 못할 사정이 있어 다 읽지 못하면 평소보다 더욱 경청하고 적절한 질문을 해 모임 분위기를 해치지 않는 것이 좋다고 생각한다.

책으로 만난 인연

공인중개사 사무소를 하다 보면 당연히 다양한 임대인과 임차인, 매도인과 매수인을 만난다. 한번은 관악 독서모임에서 알게 된 회원에게 본인의 아파트를 매도해 달라는 부탁을 받았다. 마침 그 아파트를 보고 싶다는 손님의 연락이 와 아파트 근처에서 만났다. 함께 아파트를 보고 사무실로 돌아가는 길에 그분과 이런저런 얘기를 나누다가 우연찮게 책 얘기가 나왔다. 그분도 책에 대한 관심사가 제법 있었다. 우리는 재미있게 읽은 책을 묻고 대답했는데 공교롭게도 둘 다 『그리스인 조르바』를 꼽았다. 신이 나서 『그리스인 조르바』에 대해서 이야기를 주거니 받거니 하면서 사무실에 도착했는데, 정작 아파트 얘기보다는 책 얘기에 열을 올렸다. 그 후 이틀 정도 지나서 그 손님에게 전화가 왔다. 그 아파트를 매수하고 싶다는 연락이었다.

그분과 만나 아파트 매수에 대한 이야기를 더 들을 수 있었다. 자세히 들어 보니 집을 매수할 때는 주로 남편이 물건을 보는데 그날 남편에게 바쁜 일이 생겨 아내인 자신이 집을 보러 와 나를 만난 것이다. 처음에는 딱히 매수하고 싶지 않았는데 남편과 이야기를 하면서 매수하기로 결론을 내렸다고 한다. 매도인도 가격을 절충해 줘 계약은 쉽게 성사되었다. 계약은 보통 계약서 작성하고, 계약금 입금한 후 잔금을 치를 때에 매도인과 매수인이 다시 만나서 서류를 교환하며 마무리된다. 그런데 이번에는 매도인이 책에 관심이 많은 관악 독서모임 회원이었고 매수인의 아내도 책에 관심이 많았으니 우리는 나중에 셋이 만나자는 약속을 했다. 그렇게 우리는 또 만나 저녁을 먹었다.

다양한 이야기가 오갔지만 가장 큰 관심사는 책이었다. 책에 대한 이야기를 나누니 시간은 빨리 흘러갔고 다음 만남을 기약하며 우리는 헤어졌다. 이후에도 그 아내분과는 가끔 만나기도 하고 문자메시지도 주고받으며 가까워졌다. 그분은 우리의 인연은 책이 이어 준 것이라고 말했다. 만약 서로가 책 얘기를 안 했으면 본인도 그렇게 아파트를 매수할 생각은 하지 않았을 거라는 말을 들었다. 책으로 이어지는 인연이 참 기이하다는 생각을 한 기억이 난다.

책으로 이어 가는 인연이 하나 더 있다. 가끔씩 서로의 근황을 묻는 예전의 직장동료가 있다. 내가 음식점을 운영하겠다는 목표를 세우고 열심히 외식업체에 근무할 때였다. 생각보다 힘든 일에

체력과 마음은 지칠 대로 지쳐 갔다. 그때 같이 근무를 했던 동료와 서로의 고된 직장생활을 이야기하다가 책 얘기가 나왔다. 나는 쉬는 시간에 서점에 간다는 말을 우연히 했는데 동료는 어떤 분야의 책을 주로 읽느냐고 물었다. 대부분 소설을 읽지만 인문학에 관련된 책도 읽는다고 대답했다. 그랬더니 동료가 자신도 다양한 책을 읽는다면서 읽었던 책 중 재미있게 읽은 책을 추천해 주었다. 책 추천은 나에게 언제나 반가운 주제라 잘 기억해 뒀다가 읽었던 기억이 있다.

그 뒤로도 우리는 휴무가 맞으면 서점에서 만나 새로 나온 책을 구경하거나 서로 그간 읽었던 책 얘기를 많이 했다. 그 동료는 생일 선물로 책을 선물하곤 했는데 그때 받았던 이해인 수녀의 책들과 소설책 등은 지금도 책상에 소중하게 꽂혀 있다. 이제는 둘 다 다른 직업을 가지고 각자의 길을 걸어가고 있다. 얼마 전에는 부동산 투자 입문용으로 책을 추천해 달라고 해서 그동안 읽었던 책 중 괜찮은 것을 알려 줬다. 그러자 책을 열심히 잘 읽고 있으며 책 속 내용을 실행하기 위해 투자처를 찾고 있다는 소식을 들려줬다. 우리는 "우리 인연이 이렇게 책으로 계속 이어지는구나"라고 말하며 서로 웃었다.

책을 읽는 사람보다는 읽지 않는 사람이 많다는 소식을 자주 접한다. 내 주위에도 책을 읽지 않는 사람이 더 많다. 하지만 책을 읽고 감상을 공유하고, 서로 책을 추천하면서 대화하는 재미를 아는 소중한 인연도 주위에는 존재한다. 그리고 이것은 독서의 즐거움 중 하나다.

내가 책을 만나는 이유

    책과의 인연을 소개한 김에 책에 대한 나의 생각을 적어 볼까 한다. 문득 이런 생각을 한다. '지금 나에게 가장 즐거움을 주는 것은 무엇인가.' 먼저 떠오르는 것은 책 읽는 시간이었다. 나는 읽고 싶었던 책을 만날 때가 가장 행복하다. 성향이 정적인 편이어서 조용히 책을 읽으며 시간을 보내는 것이 편해서 그렇게 느끼는 것 같다.

    버킷리스트를 작성할 때도 머릿속에 가득한 것은 책이었다. 경제적 자유를 이루기 위한 계획, 세계여행, 노후 준비 등을 써 내려가면서 버킷리스트에 올릴 책도 떠올렸다. 여러 권의 책을 적는데 갑자기 마음 한구석이 텅 비는 느낌이었다. '죽기 전에 꼭 읽고 싶은 이 책들을 과연 다 읽고 죽을 수 있을까.' 생각이 여기에 미치자 펜을 잡고 있던 손을 더 이상 움직일 수 없었다. 읽고 싶은 책을 만나지 못하고 세상을 떠난다는 상황, 나는 그것이 아쉬웠다. 그 수

많은 책을 더 이상 읽을 수 없다는 생각에 가슴 아팠다.

　독서에 빠지기 전 나는 하루빨리 경제적 자유와 그 뒤에 찾아오는 달콤함을 느끼고 싶은 사람이었다. 자본주의 사회에 살아가며 돈을 섬기는 현대인에 불과했다. 그러나 세상일은 마음대로 되지 않았다. 나의 꿈은 모래알이 손에서 빠져나가는 것처럼 나를 외면해 버리기 일쑤였다. 그렇게 몸과 마음이 빈털터리가 되었을 때 곁에서 묵묵히 위로가 된 것이 책이었다. 피폐해지고 거칠어진 내 마음을 다독여 준 것도 책이었다. 책에서 위로를 받았고, 웃음을 찾았고, 용기를 얻었으며 마침내 인생의 목표를 세웠다. 그래서 책은 나에게 소중한 존재다.

　인생의 어두웠던 부분들이 책으로 인해 아주 조금씩 달라지고 있다. 너무 소심해서 혼자 끙끙 앓기도 하고 작은 일에도 불안해하며 늘 조바심을 냈는데, 이제는 예상치 못한 일이 닥쳤을 때 최악의 상황까지 생각하며 어떻게 해결할지 생각하는 여유를 가지게 되었다. 극도의 불안감을 느낄 때는 책조차도 눈에 들어오지 않지만 그래도 결국 이 불안감을 조금씩 해소시켜 주는 것은 역시 책이다.

독서모임과 성장하기

    혼자 읽는 시간을 주로 보내던 나는 다시 새롭게 시작한 독서모임에 꽤 적극적으로 참석을 해 왔다. 때로는 질문도 많이 하고, 내 이야기도 거리낌 없이 말하면서 책 이야기를 할 때도 있다. 앞으로도 꾸준히 참석할 텐데 읽고 나서 기록을 남기기 위한 작업도 지속적으로 할 예정이다.

    나는 책을 읽고 나면 감상평을 노트에 적거나 마음에 드는 구절을 필사하고 있다. 독서모임에 참석하기 전부터 그래 왔다. 그렇게 20년 가까이 기록해 정리한 노트가 몇 권 있다. 기록하는 방법은 자유롭다. 낱장에 휘갈겨 쓰기도 하고, 정성 들여 노트에 글씨를 쓰기도 했다. 이제는 가끔 그 노트들을 보면 '내가 언제 이런 내용들을 옮겨 적었지?'라고 생각할 때도 있다.

    요즘에는 블로그에 독후감을 올리고 있다. 생각보다 많은 시간이 필요한 작업이지만 독서모임에서 만난 생생한 느낌을 떠올리면서 그때의 감정을 되뇐다. 그러다 보면 가끔은 적극적인 행동을 하는 내 모습에 나조차도 어색해서 놀란다. 누군가에게 마음을 보여주는 것을 두려워했던 나였기에 그러한 변화는 주변 사람까지 놀라게 한다. 그런데 그런 나의 모습은 내가 성장하는 과정이라고 생각한다. 혼자 책을 읽고 생각한 후 타인 앞에서 내 생각을 말하고 듣는 독서모임의 장은 스스로의 새로운 면을 발견하는 소중한 소통의 공간이다.

아직도 난 대나무처럼 조금씩 성장하는 중이지만 어느 순간 커버린 대나무처럼 나도 모르게 훌쩍 책에 대한 애정도 깊어졌으면 한다. 거기에 일조하는 독서모임에도 더 많은 애정을 가지면서 말이다.

최인애가 생각하는 독서모임 에티켓

- 책은 완독하고 참여해 주세요.
- 다른 사람의 의견을 잘 들어 주세요.
- 본인과 다른 생각을 가진 타인에게 날이 선 비판은 하지 말아 주세요.
- 독서모임 운영자의 진행에 잘 따라 주세요.
- 남의 말을 중간에서 가로채지 말고 상대방의 발언이 끝났을 때 자신의 의견을 말씀해 주세요.

 ## 독서모임에서 읽은 책 베스트 3

1   니코스 카잔차키스의 『그리스인 조르바』: 진정한 사랑과 인간 내면의 깊이에 대해 다시 생각하게 한 책이었다.

2   줄리언 반스의 『예감은 틀리지 않는다』: 예상치 못한 반전이 충격으로 다가와 여운이 남았던 작품. 색다른 경험을 하게 해 준 책이어서 마음에 들었다.

3   신영복의 『담론』: 인생에서 어떤 철학을 가지고 살아야 하는지 생각하게 한 책. 삶을 소중하고 겸허하게 받아들이는 태도를 갖게 한 감동적인 책이다.

four
———

전 민 아

취미를 되찾아 준
독서모임

꿈을 이룬 순간 사라진 길

　많은 아이들이 그러하듯 어린 시절 내내 나의 장래희망은 선생님이었다. '진짜 장래희망'이 생긴 것은 중학생 때였다. 내가 다닌 중학교 도서실은 과학관 건물 꼭대기 층에 있었다. 화사한 날 은행나무의 노란빛이 잘 드는 커다란 창이 있는 도서실이었다. 그곳을 처음 발견했을 때, 작은 그 공간이 마치 다락방 은신처처럼 안락하게 느껴졌다. 나는 그길로 도서반에 가입했고, 선배들이 가르쳐주는 대로 청구기호와 책의 위치를 매일 외웠다. 도서실은 규모가 작아서 폐가제로 운영되었다. 일반 학생은 서가에 들어올 수 없었다. 도서실이 나만의 비밀공간이라는 생각이 들자 그곳에 더 애정이 생겼다. 그때부터 나의 장래희망은 사서였다. 나만의 은신처 같았던 그 공간에 학생이 아닌 사람은 사서 선생님뿐이었고, 나도 그 은신처를 계속 갖고 싶었다. 장래희망이 확고했기 때문에, 고3 때 나는 여러 대학의 같은 과에 지원했다. 그렇게 문헌정보학과에 입학했고 장래희망을 향해 조금씩 나아갔다.

대학 졸업 후, 국공립도서관에서 계약직으로 2년 넘게 근무했지만 직장이 도서관이었을 뿐 사서는 아니었다. 계약 해지와 신규계약을 반복하며, 사서의 꿈을 이루기 위해 도서관 언저리를 배회한 20대였다. 20대의 끝 무렵, 서울 시내의 한 시설관리공단 소속 신설 도서관에 사서로 채용되면서 나는 마침내 '사서'라는 직함을 얻었고 장래희망을 이루었다. 하지만 내가 그곳에서 경험한 것들은 중학생 때 도서실에서 그리던 모습은 아니었다. 초보 사서에게 개관도서관의 업무는 벅찬 일이었다. 매일 수십 권의 책을 나르고 정리하느라 퇴근은 늦어졌다. 쉬는 날에도 종종 도서관 청소나 시설관리를 위해 출근을 했다. 도서관의 수많은 문화행사를 진행하는 일도 사서의 몫이었다. 나는 목 디스크와 만성피로에 시달렸다. 어느 때보다 책과 함께하는 시간이 길었지만 가장 책을 읽지 못한 시기였다. 별도의 사무공간도 휴게공간도 없던 그곳은 내가 꿈꾸던 은신처도 다락방도 아니었다. 그리고 나는 여전히 계약직 사서였다.

2년의 계약 기간이 끝나고, '무기계약' 임명장을 손에 받아 들었다. 회사의 동료들은 축하의 말을 건넸지만, 나는 그때 2년간 참았던 울음을 쏟았다. 그 임명장은 '영원히 너는 계약직'이라는 낙인 같았다. '너는 정규직 사서가 될 수 없다'라는 딱지가 달린 기분이었다. 내가 꿈꾸던 장래희망과 현실은 달랐고, 영원히 정규직 사서가 될 수 없겠다는 절망에 빠져 있을 때, 동기에게 전화가 왔다. "너 면접 한번 볼래?" 무슨 회사인지 묻지도 않고 당장 면접을 보겠다고 했다.

문헌정보학 전공자를 찾는다는 말만 듣고 강남의 모 회사에 면접을 보러 갔다. 당시 나는 이곳을 떠날 수만 있다면, 연봉을 만 원만 더 줘도 수락하겠다고 할 심리상태였다.(지금 돌아보니 터무니없이 낮은 연봉이었고, 결국 그 때문에 나중에 또 이직을 했으니 연봉협상은 정서가 안정되었을 때 하는 것이 맞다) 합격 통보를 받고, 연봉협상을 하고 보니 전자책 사업을 시작하는 대기업 계열사였다. 나는 그렇게 책을 파는 회사의 정규직이 되었다. 10년 넘게 꿈꾸던 사서를 포기하는 순간이었지만, 조금의 망설임도 없었다. 돌아보니 아마 그 이유는 '책'이었던 것 같다. 어제는 책을 사서 보여 주는 사람이었고, 오늘은 책을 파는 사람이 되었지만, 책이 옆에 계속 있었기에 어제와 오늘의 차이를 체감하지 못했다. 그렇게 나는 10대와 20대를 관통했던 장래희망을 끝내고 한 번도 생각하지 못했던 새로운 길을 걷게 되었다.

독서모임이 도대체 뭘까

나는 책을 좋아한다. 책을 사기만 하는 것도 즐기고, 책에 둘러싸인 공간에서 빈둥대는 것도 유쾌하다. 나의 취미는 '책과 함께 무언가를 하는 것'이다. 이런 내가 책을 만들어 파는 일을 하면서부터 취미를 잃은 기분이었다. 무수한 책 가운데 취향에 맞는 도서는 따로 있지만 회사에서는 내가 선호하는 책만 만들어 팔 수는 없는 노릇이었다. 출판사 직원으로 8년을 근무하면서 원고를 읽는 것이 독서인지 아닌지 헷갈리던 시기를 보낼 즈음이었다.

페이스북에서 독서모임 기사를 읽었다. 독서모임에서 다양한 주제의 책을 함께 읽고, 책과 관련된 다채로운 경험을 한다는 내용이었다. 그때 문득 '책을 다시 취미로 만들 수 있는 수단이 독서모임 아닐까'라는 생각이 스쳤다. 일과 무관하게 오로지 나의 의지로 책을 사고, 읽고, 사고思考할 수 있는 취미를 되찾을 기회.

그렇게 독서모임에 대한 호기심이 조금씩 자라나고 있을 즈음, 한 출판 강좌에서 '하나의책'이라는 1인 출판사를 운영하는 하나 언니를 만났다. 우연히 옆자리에 앉은 것을 계기로 인연이 시작되었다. 언니는 내가 다니는 출판사의 전자책과 장르소설을 궁금해 했고, 나 역시 1인 출판사가 궁금했다. 혼자 출판사를 차려서 어떻게 먹고살 수 있는지가 가장 의문이었다. 아직은 겨울의 추위가 남아 있던 3월, 포장마차에서 떡볶이를 먹으며 이야기를 나눴던 우리는 이듬해 봄, 독서모임 운영자와 참석자로 다시 인연을 이었다.

하나의책은 꽤 오랫동안 다양한 주제의 독서모임이 진행되던 곳이었다. 나는 문학 독서모임에 신청했는데 이는 하루키가 결정적인 역할을 했다. 무라카미 하루키는 이름만으로도 다소 찜찜한 작가였다. 2016년 이후 출간된 하루키의 작품 몇 권을 읽은 뒤 그는 선호하지 않는 작가가 되었다. 그의 책에서 느끼는 몰입감만큼, 완독 후 찾아오는 공허함이 컸다. 다른 책에 비해 머릿속에 남는 것이 없어 시간을 낭비한 기분도 들었다. 가독성이 좋은 괜찮은 글을 읽은 것 같기도 한, 판단이 서지 않는 혼란 때문에 그의 초기작은 한 권도 읽지 않은 상태였다. 그런데 독서모임의 도서 리스트에 하루키가 있었다.

『노르웨이의 숲』, 과거에는 『상실의 시대』로 불렸던 책. 발표된 지 대략 30년이 지난 하루키의 대표작이고, 사람마다 감상평이 천차만별인 이 책을 나는 읽지 않았었다. 시간이 지날수록 '이 책은 당연히 읽어야 하는 거 아냐?'라고 말하는 누군지 모를 대상의 눈치를 보게 되었다. 워낙 유명한 책이기에, 제목을 접할 때마다 언젠가는 해야 할 숙제를 미뤄 둔 사람처럼 불편한 마음이 들었다. 이 찜찜함을 끝낼 기회는 이번뿐이라는 예감을 느꼈다.

이미 안면이 있는 언니가 진행을 하고, 함께 읽는 다른 책들도 마음에 들었기에 주저 없이 출판사 블로그에 신청 댓글을 남기고 참가비를 입금했다. 사실 나는 독서모임에 진행자가 있다는 것을 처음 알았다. 대화를 주도하는 진행자의 존재는 신청하는 나의 손가락을 더욱 가볍게 했다. 시즌제로 운영되는 하나의책 독서모임은 예상보다 경쟁이 치열했고, 기존 회원도 꽤 많이 재신청했다는 것을 알게 되었다. 그때부터 나는 단체 패키지여행에 참여하는 1인 여행자처럼 걱정과 조바심이 들기 시작했다. '혹시 모두 서로 잘 알아서 그들만 아는 대화를 나누면 어쩌지.' '그 사이에 끼어들 수 있을까.' '독서모임에서는 대체 무슨 얘기를 하는 거지. 책 얘기? 아님 책에 관한 사적인 얘기?'

독서모임에 대한 나의 온갖 상상들로 근심이 깊어지자, 첫 모임의 도서였던 『작가란 무엇인가』가 나에게는 '독서모임이란 무엇인가?'로 느껴지기 시작했다. 설상가상으로 『작가란 무엇인가』는 쉽게 읽히지 않았고, 갑자기 흥미를 끄는 다른 책들이 눈에 들어오기 시작했다. 그러자 독서모임 책도, 읽고 싶은 새로운 책도 읽지 못하는 애매한 상황에 처하게 되었다. '내가 왜 독서모임을 신청해서 이렇게 마음고생을 하고 있지'라는 원론적인 물음에까지 도달할 즈음 내 인생 첫 독서모임이 시작되었다.

작가와 친해지기

나는 창작자를 좋아한다. 그것이 음악이든 영상이든 글이든, 새로운 것을 만들어 내는 크리에이터, 창작자에 대해 동경을 넘어 경외심을 가지고 있다. 동시에 창작자 특유의 예민함과 유별남을 무서워한다. 문학 독서모임의 첫 책이었던 『작가란 무엇인가』는 서양 작가 12명의 인터뷰 모음집이다. 책 속에서 인터뷰어와 논쟁을 벌이기도 하고, 자신만의 독특한 사고방식을 보여 주기도 하는 그들을 보면서, 나는 창작자 특유의 예민함과 유별남을 실컷 느낄 수 있었다. 작가란(창작자란) 역시 무언가 다르다는 생각 때문인지 그들의 말이 어렵게만 느껴졌다. 마치 내가 그 인터뷰 자리 한구석에 잔뜩 쪼그린 자세로 앉아 작가를 올려다보는 기분으로 책을 바라보니 잘 읽히지도, 이해가 가지 않는 것도 당연했다.

그런 기분으로 첫 독서모임에 참석했다. 10여 명의 회원이 둘러

앉아 간단히 자기소개를 하고 책을 읽은 소감을 얘기했는데, 신기하게도 다른 분들의 소감이 나와 매우 비슷했다. 책을 읽기 어려웠다는 의견, 이 작가들의 책을 하나도 읽지 않아서 자괴감이 들었다는 의견, 책을 다 읽지 못했다는 솔직한 얘기, 심지어는 『노르웨이의 숲』을 이참에 끝내 보자는 나와 같은 마음을 가진 회원도 있었다. 첫 대화 주제에서 회원들과의 공통분모를 찾은 순간 나는 한결 편안해졌고, 그때부터 대화가 즐거웠다.

그때 하나 언니가 던진 주제. '이 중에 대가라고 느껴지는 작가와 인간적인 매력이 느껴지는 작가, 지인이었으면 하는 작가는 누구인가.' 작가와 인간적인 매력이라니. 생각지도 못한 주제였다. 하나 언니가 먼저 선호 작가를 이야기를 하는 동안 내 머릿속은 복잡하게 돌아가고 있었다. 작가와 알고 지내는 사이가 된다니, 그럴 수 있을까? 그때 문득 이 책의 첫 인터뷰 주인공인 움베르토 에코가 눈에 들어왔다. 그가 쓴 『장미의 이름』은 문헌정보학과 학생인 20대의 나에게 필독서였다. 소설의 치밀한 사건전개와 세밀한 상황묘사들은 마치 내가 작품 속 수도원 장서관의 수도사가 된 것 같은 기분을 느끼게 했다. 그가 대가임에는 분명하지만 나의 이웃이나 지인이 된다면 어떨까. 3만 권의 책이 천장까지 닿는 책장에 꽂혀 있는 그의 집에서 함께 차를 마시거나 그의 책을 빌려 볼 수 있는 지인이 된다는 것은 생각만 해도 전율이 이는 일이었다. 회원들 역시 저마다의 이유로 선택한 작가 이야기를 했는데, 나와 같기도 하고, 다르기도 해서 듣는 것만으로도 재미가 쏠쏠했다. 처음의 걱정과 달리 책 이야기를 편하게 나누다 보니 예정된 2시간은 순식간에 흘러갔다.

신기한 것은 독서모임 전에는 읽기 힘들고 지루했던 이 책이, 독서모임에서 대화를 나눈 후에 흥미로운 책으로 둔갑을 한 것이었다. 모임 후에 『작가란 무엇인가』를 다시 한번 읽고 싶다는 생각이 들었다. 잘 알지 못해서 지나쳤던 책의 구절들과 그저 어렵게만 느낀 작가들의 대화를 좀 더 편한 마음으로 바라보고 싶었다. 그들이 쓴 책도 읽고 싶어졌다. 그래서 첫 독서모임 후에 나는 읽고 싶은 책 리스트를 한가득 얻어 오게 되었다. 한 달에 한 번 있는 다음 독서모임을 위해 읽어야 할 책과 읽고 싶은 책 사이에서 또 엄청난 고통의 시간을 보내게 될 것 같은 예감이 들었지만, 그렇게 나의 첫 독서모임은 꽤 성공적으로 마무리되었다.

독서를 통해 한 걸음 더 나아가기

드라마 '응답하라 1997'의 주인공처럼 고등학생 때 나는 H.O.T
의 열렬한 팬이었다. 콘서트 표가 풀리는 날이면 등교 전에 제일은
행에 들렀다. 문도 열지 않은 은행 앞에 줄을 서 있다가 누구보다
먼저 콘서트 표를 손에 넣은 그 순간이 한없이 기뻤던 여고생 팬이
었다. 그때는 책보다 오빠들의 인터뷰가 실린 하이틴 잡지와 가사
집을 읽는 것이 더 즐거웠고, 공연장을 찾아다니는 것이 내가 가장
좋아하는 것을 실행하는 방법이었다. 그 시절에 음악을 좋아하고
가수를 좋아했듯이, 누군가는 글 읽는 것을 좋아하고 작가를 좋아
했을 것이다. 내가 독서모임을 통해서 만난 한 분은 그 두 가지를
무척 좋아하는 분이었다.

운영자의 역량에 따라 독서모임은 책을 쓴 저자 또는 책을 만든
관계자가 함께하는 자리가 되기도 한다. 평소처럼 하나 언니에게

다음 모임 공지 문자를 받았는데, 폴 오스터의 『글쓰기를 말하다』 독서모임에는 그 책의 번역가가 회원으로 참석한다는 내용이었다. 문자를 보고, 읽고 있던 『글쓰기를 말하다』의 번역가 소개 페이지를 펼쳐 보았다. 도서관 사서로 근무하면서 번역을 하고 있다는 소개를 읽으면서 문득 호기심이 일었다. 몇 년 전에 내가 읽은 책들의 원문이 궁금해서 번역에 관심이 생긴 적이 있었다. 그때 교육과정을 알아봤는데, 직장인이 시도하기에는 쉽지 않은 과정이어서 포기했던 기억이 떠올랐다. 이분은 어떻게 일을 하면서 번역가로 활동할 수 있었을까 궁금해졌다.

모임에서 실제로 뵙고 이야기를 들어 보니 이분 앞에서는 독서가 취미라고 말하기 민망할 정도였다. 어마어마한 독서량과 학구열을 가진 분이었다. 쉼 없이 책을 읽다 보니 한국에 번역된 책을 넘어 원서까지 찾아 읽기 시작했고, 좋아하는 작가인 폴 오스터 동호회에 가입했다가 이 책을 번역하게 되었다는 사연은 엄청난 우연과 인연이 겹쳐진 이야기였다. 정년퇴직 후에도 좋아하는 해외작가의 원서를 찾아내 한국 출판사에 번역제안을 하기도 하고, 또 다른 언어를 공부하기 위해 방송통신대학교를 다니고 있다는 얘기는 이런저런 핑계로 몇 년간 배움을 놓아 버린 나에게 많은 자극을 주었다.

번역가 선생님은 『글쓰기를 말하다』 표지에 실린 폴 오스터의 사진에 대해 원래는 훨씬 잘생겼는데 사진이 너무 못 나왔다며 아쉬움을 표현하셨다. 휴대폰으로 직접 폴 오스터의 사진을 찾아서 보여 주며 빙긋 웃으시는 모습이 왠지 모르게, 누군가를 열렬히 좋아했던 학창시절 나의 모습과 겹쳐져 슬며시 미소가 지어졌다.

그것이 무엇이든 간에 좋아하는 것을 하다 보면, 삶은 어떤 방향으로든 조금씩 나아간다는 생각이 들었다. 돌이켜 보면 내가 꾸준히 했던 행동들, 책을 읽는 것, 음악을 듣는 것, 공연을 보는 것, 모두 누가 시켜서 한 일이 아니었다. 좋아서 했던 소소한 행동들이 나를 조금씩 나아가게 했고, 지금의 나를 만들었다. 번역가와 함께 한 독서모임을 마치고 나서 문득 내가 좋아하는 것을 하게 하는 열정은 시간의 흐름에 따라 사라지는 것이 아니라 마음속 어딘가에 자리 잡고 있다는 생각이 들었다. 서른여덟 살. 나이 때문에, 혹은 직장인이니까 이제는 할 수 없으리라고 스스로 단정 지어 놓은 '하지 못할 일들' 목록을 꺼내 그것을 '해 봐야 할 일들'로 바꿔야겠다. 그렇게 좋아하는 것을 하나씩 해 나가면, 마음속 어딘가에 숨어 있는 열정이 삶을 조금씩 더 나아가게 하리라.

뜻밖의 청춘을 이야기하다

　서른일곱 살의 와타나베는 착륙한 비행기 안에서 문득 열여덟, 그 시절의 자신과 그녀를 떠올린다. 긴 세월이 흘렀는데도, 풀 냄새와 바람의 온도까지 생생하게 그려지는 그날의 한 장면을 시작으로 『노르웨이의 숲』의 와타나베는 그 시절의 이야기를 풀어놓는다. 열여덟의 와타나베는 막 대학에 입학한 학생이었다. 다만, 한 가지 그가 다른 학생들과 달랐던 점은 고등학교 때 가장 친한 친구를 죽음으로 잃었고, 아직 그 죽음에서 벗어나지 못한 친구의 여자친구 나오코를 매주 만나고 있다는 것이었다. 그의 열여덟은 흔히들 말하는 빛나는 시절이었지만 그 삶의 한가운데에서 모든 것이 죽음을 중심으로 회전하고 있었다.

　열여덟의 와타나베처럼 막 대학교에 입학했을 때 나는 일본소설을 꽤나 열심히 읽었다. 에쿠니 가오리, 요시모토 바나나의 신간이 나오면 곧장 서점으로 달려가곤 했다. 일본소설 속의 인물들은 그 시절 내가 동경했던 특유의 '쿨함'을 가지고 있었다. 누구 하나 소리 지르거나 물건을 내리치거나 혈투를 벌이지 않았다. 생계수단인 아르바이트에서 잘려도 쿨하게 뒤돌아서고, 힘든 시절을 이겨내지 못한 인물들은 큰소리 한 번 내지 않고 죽거나 사라지곤 했다. 20대가 되어 학교 밖 세상을 경험하고 보니 문득 내가 보고 있는 소설 속 그들의 쿨함이 정상적이지 않다고 느꼈다. 아프면 소리를 지르고, 울고, 화를 내야 하는 것이다. 그때부터 꽤 오랫동안 일본소설을 읽지 않았다.

『노르웨이의 숲』 역시 그러한 일본소설 특유의 분위기를 풍겼다. 다만 이 책에는 자기감정을 가감 없이 표현하는 생명력 넘치는 미도리가 있었고, 욕망을 숨기지 않는 나가사와라는 인물도 있었다. 섬세한 묘사와 함께 인물 간의 흥미로운 관계를 풀어 가는 하루키의 글은 책을 끝까지 놓지 못하게 하는 특유의 흡입력을 가지고 있었다.

사실 이 책을 읽으면서 청춘의 이야기라는 생각은 전혀 하지 않았다. '청춘'이라는 단어를 떠올린 것은 독서모임에서였다. 모임 중간에 하나 언니는 과거의 추억을 떠올리며 각자의 청춘에 대해서 이야기해 보자고 했다. 그때 처음 '아! 이 책이 청춘에 대한 이야기였구나'라는 생각을 했다. 왜 그랬는지 모르겠지만 책을 읽으면서 청춘을 한 번도 떠올리지 않았기에 아쉽게도 그때 딱히 할 말이 없었다. 나는 이 책이 다양한 인물의 인간관계를 다룬 이야기라고 생각했던 것 같다. 나이와 상관없이 사람에겐 누구나 주변에 와타나베, 미도리, 레이코, 나가사와, 하츠미 같은 인물이 있기 때문이다. 혹은 아마 나는 아직도 청춘을 살고 있다고 생각해서 청춘을 추억할 수 없었던 것 같기도 하다. 결혼을 하고 아이를 가져야 어른이 된다는 사람들의 말처럼 나는 여전히 어른이 되지 못한 채 청춘을 엿가락처럼 길게 늘여서 살고 있는 것은 아닐까.

책을 읽고 나면 머릿속에 남는 문장들이 있는데, 『노르웨이의 숲』에도 그런 구절이 있었다. '결국 글이라는 불완전한 그릇에 담을 수 있는 것은 불완전한 기억이나 불완전한 생각뿐이다.' 와타나베의 생각처럼 시간이 흐르면서 기억은 점점 희미해질 것이다. 그래서 가끔 어떤 순간은 구체적인 상황이나 풍경은 사라지고, 공기의 냄새와 빛으로 기억되곤 한다. 그 순간을 무라카미 하루키처럼 섬세하게 기록할 재주가 없기에 머릿속에만 담아 둔 나의 기억들은 어느 순간 변형되고 잊힐 것이다. 그래도 가끔은 독서모임과 같은 자리에서 새로운 화두를 얻고, 그 시간들을 다시 떠올려 잊히는 것을 조금 늦출 수 있다면 그것만으로도 책을 읽고 이야기를 나누는 지금의 모든 행위는 충분히 가치가 있다.

『노르웨이의 숲』은 독서모임 참여의 계기가 된 책이었기에 기대와 염려가 컸던 작품이었다. 읽어 보니 무려 30여 년 전의 작품인데도 불구하고 여전히 흡입력 있게 독자를 빨아들이는 매력적인 소설이라는 생각이 들었다. 아마 이 책을 10대 때 읽었다면 지금과는 전혀 다른 감상이었을 것 같다. 독서모임 회원 중에 다시 읽으니 다른 감상이 느껴진다는 소감이 있었는데, 나는 10대 시절에 이 책을 읽지 않아서 재독의 감상을 경험할 수는 없었다. 그래서 이 책을 50대, 60대에 다시 읽으면 어떤 느낌일지 궁금해졌다. 그때는 조금 철이 들어 이 책을 읽으며 청춘을 회상할 수 있을까. 세월이 흐른 후에 꼭 다시 읽어 보고 싶다. 아, 그리고 이제는 홀가분하게 말할 수 있을 것 같다.

　"『노르웨이의 숲』 나도 읽어 봤어."

오래된 친구의
또 다른 모습을 발견하다

　20년 동안 한 달에 한 번씩 만나 밥을 먹는 고등학교 친구들이 있다. 고등학교 2학년 때 같은 반이었던 우리는 3학년 때 각자 다른 반이 되었다. 졸업 무렵엔 재수를 하는 친구, 대학에 진학한 친구, 취업한 친구가 되어 다섯 명 모두 각자 다른 방향을 향해 걸었다. 고등학생이던 우리가 성인이 되었을 즈음 몇몇은 다른 동네로 이사를 갔다. 집도, 인생의 방향도 달라진 우리는 더 이상 동네 친구도, 같은 학교 동기도 아니었지만, 매달 만나 맛있는 밥을 먹었다. 20대 때는 가끔 다투기도 했고, 서운한 마음에 눈물짓기도 했지만, 30대에 접어든 우리는 만나면 웃을 일이 더 많은 사이가 되었다. SNS가 활성화되면서, 몇 년 전부터는 친구들의 SNS를 보고 있다. 그런데 그곳에는 내가 아는 단발머리 고등학생이 아닌, 아이의 엄마로서의 일상, 직장인으로서의 일상이 있었다. '내 친구가 이런 삶을 살고 있었구나.' 사진 속 풍경들을 보며, 생경한 느낌이 들었다. 우리는 매달 만났지만, 우리의 일상은 각자 날마다 이어지고 있었기에 서로의 모습을 전부 알 수는 없었을 것이다.

책이란 것 역시 나에게 이 친구들처럼 오래된 친구의 모습을 하고 있었다. 많은 사람들이 그러하듯 어릴 적 부모님이 사 주신 문학전집 세트로 시작된 나의 책은 중학교 때 도서반 반장이었던 나의 책임감의 원천이었고, 문헌정보학을 전공하던 시절부터 지금까지는 내 인생을 책임지는 동반자였다. 도서관에서 직장생활을 시작하고, 출판사에서 책을 만들어 파는 일을 하는 지금까지 책은 내 인생의 바로 옆자리를 항상 차지하고 있었다. 그래서 나는 책에 대해서 잘 알고 있다고 생각했다.

책을 잘 안다고 생각한 만큼 책을 읽을 때 소소한 고집을 가지고 있었다. 책에 줄을 친다거나, 인덱스를 붙이는 일은 절대 하지 않았다. 종이란 나무와 같아서 한번 접거나 훼손되면 다시 돌이킬 수 없다. 접은 부분은 결국 시간이 흘러서 잘려 나가기 때문에 책장을 힘주어 눌러 넘기거나 접는 일도 절대 하지 않는 편이었다. 이런 태도 때문인지 나는 책을 빠르게 한 번 읽고 책장 깊숙이 고이 간직하고 있다가 아이러니하게도 이사나 책장 정리를 할 때 잃어버리곤 했다. 그럼에도 고집스럽게 그런 태도를 유지하다 보니, 인상적인 구절이 떠올라도 그것을 어떤 책에서 본 것인지 기억나지 않았다. 그래서 기억에 남은 구절을 대화나 글에서 써먹기가 어려웠다. 뭔가 달라져야 한다는 것을 깨달았지만 익숙한 습관과 행동은 고치기 힘들었다.

그날의 독서모임에서 한 회원은 책을 읽고 모두에게 이런 질문을 했다. "사회 초년생의 직장생활은 다 이렇게 힘든 건가요?" 대다수의 회원이 질문을 한 회원보다 연배가 높았기에 우리는 각자 사회 초년생 시절의 경험과 그 시절을 이겨 내고 깨달은 사회생활의 '꿀팁'을 전수(?)하며 한참 동안 대화를 이었다.

우리가 다룬 책은 나쓰메 소세키의 『도련님』이었다. 이 책은 제목 그대로 도련님의 이야기다. 장난기 많은 철없는 도련님이 자라서 선생이 되어 처음 부임한 지역에서 벌어진 이야기를 담은 길지 않은 소설이다. 우리는 사회 초년생의 눈으로 바라본 도련님의 첫 직장생활, 선생님의 눈으로 바라본 도련님의 학생들, 부모의 눈으로 바라본 도련님의 대인관계에 대해 이야기를 나눴다. 『도련님』이라는 책 한 권이 불러온 다양한 소감을 나누는데 그 순간 나는 마치 친한 친구의 SNS를 본 것 같은 생경한 느낌을 받았다. 분명이 책을 나도 읽었고, 누군가 물어보면 한마디쯤 보탤 수 있을 정도로 정독을 했다고 여겼지만, 사실 나는 이 책에 대해 알고 있는 것이 별로 없다는 생각이 들었다. 혼자서 책을 읽고, 혼자 감상할 때는 알 수 없었던 부분이다. 내 옆자리에 있는 이 책의 다양한 모습을.

20대 시절 술자리에서 안주를 대여섯 개씩 먹어 대던 친구의

SNS에서 그때 먹었던 안주보다 10배는 더 맛있어 보이는 이유식 사진을 본 적이 있다. 그렇게 친구들은 가족, 직장동료, 그 외에 수많은 사람들과 내가 알지 못하는 다른 일상을 살아가고 있었다. 친구들에게 나에게는 생경한 다른 일상이 있다고 해서 20년의 세월 동안 우리가 함께한 추억이 변하지는 않는다. 여전히 우리는 절친한 친구들이다. 그리고 친구들의 새로운 일상을 알게 되었기에 우리는 또 다른 대화의 소재와 친밀도를 가지고 앞으로도 긴 세월 '절친'으로 함께할 수 있을 것이다. 내 방에 있는 수십 권의 책들도 항상 옆에 있고, 다 읽고, 알고 있다고 생각했다. 그러나 독서모임에 참여하면서 이 책들 역시 다른 사람들의 옆자리에서 내가 알고 있는 것과는 또 다른 모습으로 존재하고 있다는 것을 깨달았다.

독서모임을 통해서 나는 또 다른 독서 습관을 가지게 되었다. 여전히 책을 다루는 손길은 조심스럽지만, 이제는 책을 읽고 나서 감상을 적고, 인상적인 구절에 인덱스로 표시를 하곤 한다. 책을 그저 빠르게 읽고 끝내는 것이 아니라 책이 가진 의미와 내용에 대해서 한 번 더 생각하면서 천천히 읽어 보려 한다. 책과 나의 인연 역시 길었고, 지금에서야 책의 다른 모습을 본다고 해서 그 세월 동안 쌓은 우리의 추억이 달라지지는 않을 것이기 때문이다. 독서모임을 통해서 나는 책과 대화할 수 있는 또 다른 주제와 방향을 얻었고, 책과 더 긴 세월을 함께할 원동력을 얻었다. 책이 일이기에 일과 일상의 구분 없이 늘 함께하다 보니 이제는 질릴 법도 한데,

다시 이렇게 새로운 모습으로 슬며시 내 옆자리에 앉는 것을 보니 책이란 것은 참 마성의 물건이다.

책 속으로 함께 산책할까요

독서모임에 참여한 지 1년여의 시간이 지났을 무렵 연말이 다가 왔고, 나는 흥미를 끄는 책을 통해 다양한 독서모임과 활동에 참여 했다.

첫 번째는 낭독 모임이었다. 낭독 모임을 선택한 가장 큰 이유는 책을 안 읽어도 된다는 것이었다. 독서모임인데 책을 안 읽어도 된 다! 책이 좋기는 하지만 청개구리 본능 때문인지 기한이 정해지거 나 강제로 읽어야 하면 읽기 싫어지기도 한다. 모여서 다 함께 책 을 읽는 낭독 모임의 경우 책을 미리 읽지 않아도 된다. 다만 2시 간의 낭독 모임에 참여하고 난 뒤, 책을 한 페이지 이상 소리 내 읽 는다는 것이 엄청나게 어려운 일이라는 것과 나의 집중력이 얼마 나 떨어졌는지를 깨달았다. 처참한 집중력을 실감해 다소 서글픈 생각이 들었지만, 함께할 수 있는 새로운 독서방법을 경험한 시간이었다.

두 번째 모임은 동네 책방 투어였다. 독서모임을 함께한 회원들과 독서모임을 마치고 관악구 동네 책방 투어를 했다. 관악구에는 꽤 많은 독립서점들이 있었고, 서점마다 저마다의 주제를 가지고 있었다. 디자인, 영화, 페미니즘 등 각각의 주제를 가진 서점을 책을 좋아하는 사람들과 함께 둘러보는 것은 색다른 경험이었다. 서점의 주인들 역시 나 못지않게 책을 좋아하는 분들이었기에 함께 이야기를 나누는 것 또한 즐거웠다.

세 번째 모임은 연말을 맞이한 송년회였다. 하나의책에서는 독서모임 외에 강좌도 진행됐는데, 그곳에서 만난 사람들과 어울린 자리였다. 나와 다른 시간에 수업을 받은 사람들도 모였기에 처음 보는 분들과도 담소를 나누었고, 각자 가져온 책을 소개하고 제비뽑기를 해 책을 주고받았다. 2시간여의 시간이 쏜살같이 지나갔다. 책과 글쓰기에 대한 이야기로 가득했던 송년회가 끝나고 난 뒤 나는 마치 머릿속에서 그리던 어느 이상적인 송년회를 경험한 기분이었다. 성인이 되고 보니, 이해관계가 없는 타인과 한두 시간씩 이야기를 나누는 기회는 쉽게 오지 않는다. 그러기에 독서모임은 새로운 인연을 만드는 매우 특별한 기회다. 내가 참여하고 있는 문학 독서모임의 경우, 느슨하게 친분을 유지하는 분위기이고, 서로 개인정보를 공유하지 않는다. 그래서 더욱 허심탄회하게 자신의 의견을 이야기했고, 타인의 의견을 수용할 수 있었다. 그렇게 어디에서도 하지 못한 이야기들을 진솔하게 나누면 속이 풀리는 날도 있었다.

한때는 독서라는 것이 오로지 혼자서 할 수 있는 행위라고 생각했던 적이 있다. 혼자서 책을 보며 길을 찾던 시절도 있다. 지금 떠올려 보면 책은 늘 정답이 아닌 방향을 보여 주었고, 나는 홀로 책 속에서 정답만을 찾아내려고 애썼다. 하지만 독서모임을 하며 2년이 넘는 시간을 지내고 보니 독서라는 정적인 활동을 통해서 나는 그 어느 때보다 활동적으로 시간을 보냈고, 책에 있는 수많은 길과 이정표를 타인의 시선을 통해 찾을 수 있었다. 독서모임을 하면서 이해되지 않았던 내용을 알게 됐고, 스쳐 지나가 버린 소설 속 인물을 다시 바라보게 되었다. 회원들의 삶을 접하며 내 삶의 방향도 다시 그려 볼 수 있었다.

독서모임을 한다고 해서 단박에 인생이 달라지거나 갑자기 책이 좋아지거나, 글을 잘 쓰게 되지는 않는다. 다만 평범하고 반복되는 일상에 지쳐 있다면 한 번은 해 봐도 좋을 경험이다. 책을 읽는 것이 잘되지 않는다면 낭독모임 같은 곳에서 타인의 목소리를 통해서 읽을 수도 있다. 독서모임에 관심을 가진 후로 독서모임에는 매우 다양한 형태가 존재한다는 것을 알았다. 관심만 있다면 자신에게 맞는 독서모임은 세상 어디서든 찾을 수 있을 것이다. 만약 없다면 스스로 원하는 독서모임을 만들 수도 있다. 불가능하다고 생각할 수도 있겠지만, 평범한 직장인의 호기심으로 독서모임을 시작한 나도 전에는 상상도 못 했던 다양한 경험을 하고 있다. 지금 이 글을 쓰고 있는 것 역시 그렇다. 그러니 한 번은 시도해도 좋을 일이다.

독서를 다시 취미로 삼을 수 있는 기회를 제대로 잡은 나는 이제 책으로 밥벌이를 하는 동시에 책 속의 수많은 길을 함께 걸을 사람들을 얻었다. 다음 독서모임을 기다리며 진수성찬을 앞둔 사람처럼 나는 맛있는 독서모임 책 목록을 기대하고 있다. 그리고 이 진수성찬을 함께할, 혼자가 아닌 함께 읽는다는 것의 즐거움을 알게 해 준 독서모임의 사람들을 즐겁게 기다리고 있다.

전민아가 생각하는 독서모임 에티켓

- 책을 미리 찾아보고 독서모임을 신청하세요.

- 책을 읽고 참석해 주세요.

- 다른 사람의 이야기를 경청해 주세요.

- 독서모임에서 읽는 책은 구입해 주세요.

 독서모임에서 읽은 책 베스트 3

1 김연수의 『소설가의 일』: 소설가의 일상도 평범한 나와 비슷한 데가 많다는 생각에 웃음 지으며 읽다가 알게 된다. 평범한 것을 이렇게 표현하는 것이 소설가의 위대함이라는 것을.

2 밀란 쿤데라의 『농담』: 인생의 작은 것들이 어떤 나비효과가 되어 돌아오는지 보여 주는 조금은 무섭고도 서글픈 이야기.

3 나쓰메 소세키의 『마음』: 내 삶의 소중한 존재들을 제치고 내 인생의 최우선 순위를 차지하는 무언가가 나타난다는 것은 행운일까, 불행일까.

five
—

이 현

타인을 알고 이해하는 훈련의 장,
독서모임

나의 독서모임 찾기

나는 타인에게 내 이야기를 하는 것이 쉽지 않다. 아마도 어린 시절 트라우마 때문인 것 같다. 아버지가 크게 편찮으셨던 적이 있다. 어느 날 동네약국에 갔는데 약사 아주머니가 아버지는 괜찮으시냐고 물었고 나는 대답을 했다. 집에 돌아와 약국에서의 대화를 아버지에게 전했다. 그러자 아버지는 좋지도 않은 일을 동네방네 떠들고 다닌다며 크게 한소리를 하셨다. 어린 마음에 아버지의 그런 반응에 꽤 주눅이 들었고 그때 이후, 내 이야기를 잘하지 않게 되었다. 직접적으로 질문을 받지 않으면 최대한 말을 아끼고 상대의 말을 묵묵하게 듣는 편이다. 그 모습이 마치 거대한 땅이 비를 흡수하는 느낌이라면서 회사의 동료는 "토지 같다"라는 말을 하였다. 나는 누군가의 이야기를 듣는 것을 좋아한다. 특히 새롭게 알게 된 사람의 이야기를 듣다 보면 그의 성격이나 삶의 방식을 추적할 수 있는데 이것은 대화의 재미 중 하나다. 다행스럽게도 나와 만나는 이들은 주로 신나게 이야기하는 것을 즐거워하니 서로의 취향을 채워 주는 아주 만족스러운 관계가 된다.

　말수가 적은 내가, 좋아하는 책을 읽고 그것을 같이 나눌 때면 제법 활기찬 기운을 내뿜으며 이야기한다는 것을 알게 된 계기가 있다. 2016년부터 꽤나 비싼 돈을 지불하고 시작한 독서모임에서였다. 주말에 늦잠을 자고 또 자도 밀려오는 피로감으로 소파에 누워 스마트폰을 의미 없이 보고 있는데 독서모임 참여자 모집 게시물이 눈에 들어왔다. 독서모임 자체는 특별한 것이 없었지만 독서모임치고는 상상을 초월할 정도로 비싼 참가비가 꽤 색달랐다. '책을 읽고 생각과 느낌을 서로 말하는 것이 전부일 텐데, 책을 좋아하는 사람들과 나누는 이야기는 일상의 대화와 무엇이 다를까.' '그렇게 모이면 얼마나 깊은 책 이야기를 할까?' 여러 궁금증이 생겼다. 그리고 그 독서모임이 실제로 내가 지불하는 금액만큼의 가치가 있을지 확인하고 싶었다.

　현실적인 이유도 있었다. 서른다섯 살 정도가 되자 언제나 내 곁에 머물 것 같던 친구들이 하나둘 결혼을 했고, 비슷한 취향을 가진 친구들도 예전만큼 쉽게 만날 수 없었다. "나 친구 없잖아, 이제는 같이 놀 친구가 없다." 지나가는 말처럼 한 말은 가끔은 너무 진지할 정도로 사실이었다. 더군다나 직장인인 나는 특별히 노력하지 않으면 만나는 사람의 범위를 바꾸기가 생각보다 쉽지 않았다.

주위에는 대부분 비슷한 직장인뿐이었다. 이들과는 회사에서 일어나는 일만 공유할 수밖에 없었다. 물론 이런 것들이 고된 직장생활을 버티게 하는 소중한 자산이었다. 하지만 한편으로는 회사와 일을 벗어나 다른 일상을 만나고 때로는 진중한 이야기를 나눌 친구들을 간절하게 바랐다. 이것이 독서모임을 시작하게 된 이유라 짐작한다.

독서모임 경험 그리고 인연

나의 궁금증을 채우기 위해 시작한 독서모임은 기대보다 만족스러웠다. 낯선 사람들과 같은 책을 읽고 이야기를 한다는 것은 내가 했던 어떤 활동보다 이지적이고 생산적으로 느껴졌다. 마치 내가 조금 더 지적인 사람이 되는 것 같은 기분이었다. 심지어 독서모임의 순간만큼은 마치 굉장한 지식인이 되어 반짝반짝 빛나고 있다는 착각에 빠지기도 했다.

물론 시작은 생각보다 어색했다. 초등학교 시절 독후감을 쓰고 발표를 한 것이 타인 앞에서 책 이야기를 한 경험의 전부였으니, 어른이 되어 이런 이야기를 하는 상황은 쑥스러웠다. 말주변이 없어 생판 모르는 사람들과 시작한 모임에 쉽게 적응하지 못하는 모습이 우습기도 했다. 금융상품을 다루는 일을 하는 나의 주위에는 경제·경영을 전공한 사람이 많았다. 그런데 독서모임에 와 보니 웬걸, 우리나라에 이렇게 다양한 회사에 좋은 사람들이 많이 일하고 있다는 것이 새삼 놀라웠다. 약간의 사기 같은 금융상품 말고 다른 이야기가 가능하다는 것만으로도 숨통이 트였다. 늘 자신의 말이 진리라는 듯이 말하는 상사가 아닌 연장자를 만나니 '아, 아직 세상에는 좋은 사람이 많구나'라는 안도감마저 들었다. 회사가 아니라면 좀처럼 20대와는 이야기를 나눌 기회가 없는 나에게 그곳은 요즘 친구들의 생각도 들을 수 있는 장이었다. 독서를 즐긴다고 말하면 약간은 이상하게 보는 시선조차 신경 쓸 필요가 없었다. 책을 통해 서로의 취향과 다양성을 인정하는 이 우아한 대화는 회사에서는 전혀 상상할 수 없었다.

하지만 이 만족스러웠던 시간도 약 1년이 넘으니 불편한 지점이 하나씩 눈에 들어오기 시작했다. 처음의 순수했던 동기와는 다르게 '사람이 좋으니 더 하자'라는 의무감은 기다렸던 독서모임에 휴식이 필요하다는 신호를 주었다. 사실 당시 독서모임에서 나를 더욱 끌어당기는 것이 있었으니 그것은 '번개'라 불리는 일종의 사이드 모임이었다. 아마도 다들 나처럼 낯설지만 공통점은 있는 사람들과 회사일 외에 다른 활동을 하는 것 자체에 목마름을 느꼈기에 사이드 모임에 더 열정적이었던 것 같다. 이렇게 되자 독서모임은 처음의 신선함과 지적인 충만함이 사라져 또다시 익숙한 사람들로 반복되는 상황이었다.

"내가 왜 이 비싼 돈을 내고 이러고 있냐?" 본전이 생각났고, 책이 좋다면 언제 어디서든 읽으면 된다는 생각이 들었다. 그래도 그 시간들은 독서모임이란 것이 나와 비슷한 사람에게 꼭 필요하다는 것을 알려 준 소중한 순간이다. 머릿속에만 머물던 생각을 책이라는 매개체를 통해 여러 사람들과 공유하면서 삶이 풍요로워짐을 경험했으니 말이다. 지금은 그때의 인연들과 '언니들의 슬기로운 조직생활(언슬조)'이라는 팟캐스트 방송을 하고 있다.

'언슬조' 멤버들은 경제 관련 책을 읽는 여자들이라는 공통점을 가진, 회사의 월급쟁이다. 직급도 사원, 대리, 과장, 차장, 부장으로 하나도 겹치지 않고, 일하는 분야도 유통, 은행, 증권사, 호텔 그리고 IT로 다양하다. 독서모임이 아니었다면 만나기 어려운 인연일지도. 그런데 독서모임에서는 이런 만남이 쉽게 이루어졌다. 우리는 책을 좋아한다는 공통점으로 매우 자연스럽게 만나 여행을 가기도 했고 영화를 보기도 했다. 팟캐스트도 2년 가까이 하고 있다. 이게 모두 독서모임이 이어 준 신기한 인연이다.

여의도의 직장 생활

졸업 후 취업을 못해 '백조'로 맘고생을 꽤 심하게 하다 합격 문자를 받았다. 그간 계속되는 탈락으로 자존감은 밑바닥을 치고 있었기에 회사에서 일 잘한다는 소리를 들으며 구겨진 자존감을 회복해야겠다는 생각이 간절했다. 입사하면 다른 사람보다 빨리 인정받고 싶었다. 이렇게 의지가 충만한 마음가짐으로 출근을 했는데 실상은 대학에서 배운 것의 20% 정도나 쓸 수 있는 부서로 발령을 받아 첫날부터 아무것도 모르는 바보라는 자괴감을 끌어안아야만 했다.

대학생 시절, 남들은 많이 가는 유럽 배낭여행은 나에게는 해당되지 않았다. 5개나 되는 과외 아르바이트를 하며 꾸역꾸역 학비를 내고 졸업을 했으나 그렇게 배운 전공은 회사에서 아무짝에도 쓸모가 없었다. 취업만 하면 탄탄대로일 줄 알았는데 오히려 아스

팔트가 끝나고 자갈길이 시작되는 느낌이었다. 그렇다고 두 손 놓고 가만히 있을 수는 없었다. 그래서 지식을 보충해야 한다는 초조함으로 찾은 책들은 주로 업무와 관련된 것들이었다. 대부분 경제·경영 분야의 책을 집어 들었다. 독서는 주위에 물어볼 곳도 마땅치 않아 궁여지책으로 찾은 나만의 방법이었다. 문제는 마치 밀린 숙제를 하듯 읽었기에 책장을 덮고 나면 크게 남는 것이 없다는 것이었다. 입사 후 읽은 책들은 깊은 울림 없이 머릿속에서 사라지기 바빴다.

이 와중에 열 번에 한 번쯤은 다른 장르인 『월스트리트 몽키』 같은 소설도 읽었다. 하지만 이것 역시 여의도에서 월스트리트로 장소만 바뀌었을 뿐 내가 다니는 정글 같은 금융회사에서 벗어날 수가 없었다. 편중된 독서 생활을 하던 내가 가장 오래 한 독서모임에서도 경제 분야 서적을 읽었다. 이런 책을 골라 10년 가까이 읽었음에도 경제적인 삶에는 큰 변화가 없었다.

어떻게 월급은 쌓이는 것보다 빠져나가는 것이 많은지. 이렇게 꾸준하게 읽고 회사생활을 했으면 살림살이도 나아져야 하는데 통장 잔고는 몇 년을 일해도 바뀌지 않았다. 세상 돌아가는 경제상황은 알면 알수록 더욱 미궁으로 빠져들어 가는 느낌이어서 다 부질없다는 회의감까지도 들었다. 한 달에 한 번 독서모임을 통해 경제 관련 책을 읽고, 일주일에 한 번 스터디 모임을 해도 단편적인 사실만 알 뿐 세계 경제의 거대한 움직임을 알기에는 부족했다. 미국 금융정부기관의 의장인 벤 버냉키의 QE(Quantitative Easing, 양적 완화)라는 금융정책 한마디면 이미 마감했던 업무를 모조리 다시 해야 하는 처지였다. 그럴 때는 야근과 주말 출근을 하며 일을 다시 했다. 우리나라의 금융정책과 경제는 세계 경제에서 너무 작은 부분을 차지하고 있으니 항상 미국 중심으로 업무는 돌아갔다. 이런 비슷한 경험을 몇 번 거치자 나는 작은 나라 한국의 수많은 직장인 중 하나로, 광활한 우주의 먼지쯤 되는 존재처럼 느껴졌다.

철학 독서모임을 찾아서

하루하루 빠른 삶의 속도에 숨을 헐떡이다 보니 서점의 베스트셀러 중 위로와 공감을 주는 책들에 손이 갔다. 책장을 덮으며 세상살이가 다 비슷하다는 사실에 위안을 받기도 했지만, 근본적인 것은 해결되지 않았다. 나에게는 현실적인 방안들이 필요한데 그런 책들은 단편적인 부분만 다뤘다. 이렇게 방황하는 나날을 보내고 있는데 철학을 공부하면 원하는 것을 찾을지도 모른다는 누군가의 조언을 들었다. 때마침 철학을 알고 싶다는 욕구가 몇 년 전부터 생기던 참이라 잘되었다 싶었다.

나는 늘 제자리인 것 같은데 빠르게 돌아가는 일상이 반복되면서 마음이 지쳐만 갔다. 작은 일은 상처로 남았고 큰일은 버겁고 감당하기 힘들었다. 일 년에 한두 번쯤 찾아오는 허무감에 감정이 밑바닥을 치면, 내 감정인데도 명확하게 설명하기 힘들어 좀처럼 누군가와 속내를 나눌 수도 없었다. 이런 것들은 순전히 개인적인 문제라고 생각해 오롯하게 나를 세울 수 있는 무언가를 갈구했는데 그것이 철학이었다. 그런데 '철학'이라는 두 글자는 너무 큰 담론으로 느껴졌다. 고등학교 윤리 시간 이후로는 철학을 접해 본 적이 없었기에 막막했고 고민 속에 허송세월을 보냈다. 그러던 중 철학 책을 사람들과 함께 읽으면 재미도 더 느끼고 책임감도 늘어 효과를 보지 않을까 생각했다. 그래서 철학 독서모임을 떠올렸다. 하지만 괜찮은 철학 독서모임은 쉽게 찾을 수 없을 것 같았다. 독서모임 중에서도 철학은 인기가 없다는 주변의 이야기를 들었기 때문이다. 게다가 철학은 어렵고 방대해 모임을 이끌 사람이 과연 있을까 싶었다. 혹시나 하는 마음으로 포털사이트의 검색창에 '철학 독서모임'을 찾아보았다.

'독서모임 찾기'에 애를 쓰는 나를 보며 누군가는 "그렇게 간절하면 그 마음으로 열심히 혼자 책 읽으면 되지, 독서모임을 그렇게 힘들게 찾느냐"라고 말할 수도 있겠다고 생각했다. 하지만 단언컨대, 좋아하는 것들을 낯선 사람들과 깊이 있게 나누는 놀라운 경험을 한번 하면 그 매력에서 벗어날 수 없다. 이런 이유로 독서모임을 시작하면 계속하게 된다. 같은 책의 취향을 나누며 공유하는 것은 꽤나 은밀하고 내밀한 작업임을 독서모임에서 느낀 사람들은 내가 왜 모임을 지속하는지 공감할 것이다.

마음에 드는 철학 모임을 찾기는 역시 어려웠다. 아마도 예전에

높은 가격을 지불했음에도 만족도가 점점 떨어졌던 모임을 겪었던 탓에 이것저것 체크하면서 나름 까다로운 기준이 생겼기 때문이었을 것이다. 나는 책을 진정으로 좋아하는 사람들과 독서모임을 하고 싶었다. 나아가 철학이라는 것을 같이 고민하면서 지식보다는 나와 비슷한 사람들이 견디어 낸 삶의 지혜를 얻고 싶었다. 인터넷에서 철학 독서모임을 틈나는 대로 검색하다가 우연히 이 두 가지 조건을 만족하는 보물 같은 하나의책 독서모임을 찾을 수 있었다. 그런데 아쉽게도 철학 모임은 이미 마감이었다. 처음에는 실망했지만 오히려 이곳은 철학 모임이 인기가 많다는 인상을 줘 신뢰가 갔다. 그리하여 차선책으로 문학 작품을 읽는 모임을 신청했다. 목표는 문학 모임에서 김승옥의 『무진기행』을 완독하는 것이었다. 나의 독서 취향을 감안하면 혼자서는 절대로 『무진기행』을 읽지 못할 것이 뻔했기에 이번 기회에 꼭 완독하고 싶었다.

나와 다른 의견을
편하게 받아들이기

　문학 모임을 신청해 놓고 나는 습관적으로 다른 곳의 독서모임에도 신청을 했다. 하지만 오래 나가지 못했다. 다들 처음에는 의지가 불끈해 좋은 책을 추천하며 적극적인 모습을 보였지만 날짜가 다가올수록 연락이 뜸해졌다. 당일 갑자기 일이 생기는 사람이 왜 이리 많은지, 대부분이 나올 수 없다고 해 결국은 취소되었다. 이러한 일을 겪고 나자 하나의책 문학 모임도 그렇게 되는 것은 아닌지 걱정하면서 책을 읽었다.

　'무진'과 '기행'이 내게 주는 이미지는 투박하지만 따뜻함이었다. 그래서 나는 마치 연애소설을 대하듯 설레고 들뜬 마음으로 『무진기행』을 시작했다. 마지막 책장을 넘길 때는 소설에서 너무나도 유명한 '무진에 명산물이 없는 게 아니다. 나는 그것이 무엇인지 알고 있다. 그것은 안개다'라는 이 문장처럼 안개의 아련함과 몽환

적 감정들이 내 마음을 가득 채우리라 예상했다. 그러나 지나치게 기대한 탓인지, 나의 얕은 문학적 소양으로 방향을 잡지 못한 탓인지 서정적일 것이라고 기대한 요소가 전달되지 않아 실망감이 몰려왔다. 마치 소개팅에서 이름만 듣고 마음대로 상대방을 상상해 놓고는 실제의 모습이 다를 때 느끼는 실망감처럼 말이다.

하지만 『무진기행』이 갖고 있는 매력은 분명히 있었고, 많은 이들이 이 작품을 필사하는 이유도 알게 되었다. 무엇보다도 1964년에 발표된 작품임에도 2019년 서울에 살고 있는 나와 감정적인 교차점을 찾을 수 있다는 것이 대단하게 느껴졌다. '서울살이'를 하는 나는 주인공인 윤희중이 감정적으로 밑바닥을 칠 때 자신만의 일탈을 꿈꾸며 무진을 찾는 그 마음을 십분 이해한다.

> 그들은 이제 점점 수군거림의 소용돌이 속으로 끌려들어 가고 있으리라. 자기 자신조차 잊어버리면서, 나중에 그 소용돌이 밖으로 내던져졌을 때 자기들이 느낄 공허함도 모른다는 듯이 그들은 수군거리고 수군거리고 또 수군거리고 있으리라.*

> 그렇지만 내 경험으로서는 서울에서의 생활이 반드시 좋지도 않더군요. 책임, 책임뿐입니다.**

* 　　『무진기행』, 김승옥 저, 민음사, 2017, p.17
** 　　같은 책, p.28

이 두 문장은 소설 속의 그와 내가 같은 시공간에서 대화하는 것 같은 착각마저 들게 했다. 지금 회사에서 겪고 있는 일들이 이렇게 간단하면서도 강렬한 단어의 나열만으로도 표현될 수 있다니.

『무진기행』 독서모임 날이 왔다. 소설에 대한 전반적인 소감을 시작으로 본격적인 이야기가 펼쳐졌다. 친구인 조가 음악 선생인 하인숙에 대해 "아무런 밑천도 없이 시집가 보겠다는 배짱이 꽤씸하다"라고 말하는 부분이 불편했다고 나는 입을 뗐다. 그러자 유일한 남성 회원이 놀라는 표정이었다. 그분이 나의 이야기를 듣고 "그렇게 생각할 수도 있군요. 전혀 몰랐어요"라고 말했다. 반면 여성 회원들은 내 말이 어떤 의미인지 굳이 자세히 말하지 않아도 알겠다는 눈빛이었다. 이런 차이가 단순히 여자와 남자에서 오는 것이었을까? 아니면 개인차였을까? 이렇게 서로 다른 의견을 나누는 것 자체가 나에게는 큰 성과였다. 같은 문장을 보고도 받아들이는 감상이 매우 다를 수 있다는 것을 다시 한번 알았다. 혼자서 이 책을 읽었더라면 단순히 내 안의 감정과 생각으로만 끝났을 것들이 타인과 함께하니 이해의 폭을 넓혀 줬다.

어렸을 때는 지금의 나이 정도가 되면 사람의 마음을 더 잘 아는 어른이 되어 있을 것 같았다. 어른들은 무엇이든 거침없이 하고, 내 속을 잘 뚫어 보는 능력이 있어 보였으니까. 그런데 오히려 나이가 들수록 도통 이해할 수 없는 것들만 늘어난다. 이런 상황에서 타인을 조금 더 이해하겠다는 마음가짐은 일상을 여유롭게 만들어 준다. 상대가 어떤 맥락에서 행동하고 말한 것인지 이해만 되어도 마음이 약간 편안해진다. 타인을 알고 이해하는 훈련의 장이 나에게는 독서모임이다. 그러므로 독서모임은 나이가 들면서 점점 고착화되어 가는 생각들을 유연하게 해 준다. 그러잖아도 회사에서 중간관리자로 근무하면서 꼰대가 되어 가고 있다는 사실을 실감하면서 스스로를 경계하는데 이때 큰 역할을 하는 것이 독서모임이다. 나와 다른 의견을 가진 사람들을 조금은 편안하게 받아들이는 연습을 하는 데에는 독서모임이 제격이다.

철학 독서모임으로
나만의 방법 찾기

문학 모임이 끝나고 기다리던 철학 독서모임에 가입했다. 사회는 '미투'로 그간 없던 활력이 시작된 시기다. 그래서 당시 철학 모임에서 다룬 『예술과 그 가치』는 나에게 또 다른 의미가 있었다. 예술이라는 이름을 방패 삼아(어쩌면 사실은 무기로) 같은 인간에게 도저히 이해할 수 없는 행동을 한 어느 감독의 이름이 사람들의 입에 수없이 오르내렸다. 그 감독은 여러 말을 했으나 반성은 전혀 없이 자기방어만 했다. 그 모습에 매우 실망을 해 예술계에서 이런 일들이 많은 이유가 궁금해졌다. 혹시라도 그동안 내가 놓쳤던 것이 조금이라도 있을까 싶어 이에 대한 답변을 찾을 수 있을지도 모른다는 엉뚱한 기대감에 『예술과 그 가치』를 열심히 읽었다. '예술과 도덕'이라는 소제목에도 집중해 책을 유심히 보았지만 해결책은 찾을 수 없었고, 머릿속은 더 복잡해졌다. 어쩌면 논리적으로나 감정적으로 도저히 납득할 수 없는 것들을 책에서 찾으려 한 것 자체가 처음부터 번지수를 잘못 찾은 것일지도. 그래도 굉장히 큰 사회적 이슈임에도 불구하고 쉽게 공론화할 수 없던 주제, '미투'를 독서모임에서 힘을 빼고 나눌 수 있어 의미가 있었다.

이제 다시 『예술과 그 가치』로 돌아가자. 한 친구가 "유명한 미술작품의 진품과 모조품을 정말로 구분할 수 없다면 진품을 굳이 비싸게 사야 할 필요가 있을까?"라는 질문을 한 적이 있다. 그때 "당연히 원본은 그 자체로 의미가 있지"라고 얼버무렸다. 더 멋지게 그럴듯한 말로 원본의 값어치를 설명하고 싶었지만 역부족이었다. 사실 나는 그런 의문조차 가진 적이 없었다. 그 후부터 진품의 가치가 무엇인지 때때로 고민해 보았지만 답을 찾는 것은 쉽지 않았다. 그렇다고 누군가에게 쉽게 물어볼 수도 없던 궁금증이었다. 주변에 물어도 무엇이 맞는지조차 모르고 뾰족한 답변을 할 사람도 많지 않았다. 『예술과 그 가치』에서는 진품과 모조품의 차이와 가치를 이렇게 설명한다.

두 작품 간의 관계, 두 작품 각각이 자신의 이전, 이후의 작품들과 맺고 있는 관계에서 드러나는 차이는 그들의 본성과 가치에 근본적으로 영향을 미친다. 하나는 예술의 발전과 맞닿아 있는 성취, 예술의 발전에 기여하고 부분적으로 발전을 야기한 성취를 달성하였지만, 다른 하나는 단지 이전 작품들에 기생하고, 그 힘을 빌려 움직였을 뿐이다. 높은 가치를 지니는 성취란 작품이 인간이란 무엇인가를 놓고 나누는 예술적 대화에 기여할 때 얻어진다.*

호기심으로 처음 시작했던 독서모임이 모조품 같았다면 철학 모임은 나에게 진짜 예술품이었다. 전자가 '이러한 것들도 있구나'라며 생각을 재구성하게 해 주었다면 철학 모임은 내 삶의 깊숙한 부분에 영향을 미쳤다. 하루에도 수없이 바뀌는 생각 속에 어떠한 삶을 살아야 하는지 앞으로의 방향을 제시해 주었으니 진품이 아니고 무엇인가?

사실 당장 먹고사는 것이 급급한데 인생과 삶을 논하는 것은 사치인 것처럼 느껴지기도 했다. 하지만 이 정신없는 삶 속에서도 '과연 행복이 무엇인가? 행복해질 수 있을까?'라는 답변을 더욱 찾고 싶었다. 그래서 철학이 필요했다. 다행스럽게도 철학 그 자체만으로도 벅차서 혼자라면 절대 읽지 않을 법한 책을 독서모임에서 읽어 냈다. 그리고 이를 통해 인생의 질문에 대한 답변을 나만의 방법으로 찾을 수 있다는 약간의 자신감을 찾았다. 사실 철학 모임이후, 가뜩이나 머릿속이 복잡한 나는 꼬리에 꼬리를 무는 잡념으로 생각이 많아졌다. 그런데 재미있게도 일상의 걱정이나 고민과

---

* 『예술과 그 가치』, 매튜 키이란 저, 이해완 역, 북코리아, p.49

다르게 철학 책을 읽고 떠오르는 생각들을 하고 나면 오히려 머릿속이 깔끔해졌다. 한 달에 한 번씩 1권의 책을 읽고 2시간 동안 이야기한다고 해서 그 책을 완전하게 이해할 수는 없다. 하지만 1권의 책을 무사히 완독했다는 공통점을 가진 사람들과 감상을 나누는 것 자체가 의미 있었다. 나아가 철학자들의 지식과 지혜를 각자 자신만의 서사로 받아들여 생각의 좌표와 한계를 넓힌 것 자체가 큰 의미라고 생각한다.

다시 만난 하루키

꾸준하게 1년 이상을 하던 모임은 대학원을 시작하면서 잠시 중단되었다. 독서모임에서 읽고 싶었던 『랩걸』을 다룬 모임도 수업과 겹쳐 나가지 못했다. 그런데 수업이 없는 날 무라카미 하루키의 『노르웨이의 숲』 독서모임이 열린다고 해 재빠르게 신청했다.

고등학교 3학년을 앞둔 겨울방학, 의무적으로 독서실에 갔다. 교과서와 문제집을 보려고 갔는데 이런 것들은 좀처럼 눈에 들어오지 않았다. 독서실 책상에서 조는 것도 슬슬 질리던 즈음 책꽂이에 있던 『상실의 시대』라는 두툼한 책이 눈에 들어와 집어 들었다. 하루키에 대해서 전혀 모르던 상태였다. 고3이 시작되던 그 겨울이 나에게는 지금까지 겪지 못했던, 그러나 꼭 통과해야만 하는 일생일대의 '상실의 시기'로 들어가는 문턱이라고 생각해 제목만 보고 끌렸던 것 같다.

서른일곱 살의 와타나베가 열여덟 살의 과거를 생각하면서 소설은 시작된다. 나도 서른일곱 살이 되어 『노르웨이의 숲』을 두 번째로 읽었다. 거의 20년 만에 다시 읽어서인지 소설은 처음 만난 것처럼 생소했다. 단 하나, 미도리라는 여자 주인공은 또렷했는데 다시 보니 더욱 생동감 있고 생생했다. 고등학교 시절 이 책 때문에 하루키를 알게 되어 푹 빠진 후 나는 모든 방법을 총동원하여 하루키의 소설을 구해서 독파했었다. 왜 열여덟의 내가 하루키를 좋아하게 되었는지, 『상실의 시대』에 푹 빠졌는지는 정확히 기억나지 않는다. 모든 책의 구절이 생경한데 그때의 나는 무엇 때문에 그 책이 그토록 마음속에서 지워지지 않았던 것일까? 그때는 무슨 생각을 가지고 책을 덮었을까 싶을 정도로 삼십대의 나는 과거의 나를 상상하는 것에 몰두해서 책을 읽었다. 그래서 다른 사람들은 어떤 기분으로 이 책을 읽었을지 더욱 궁금했다.

독서모임에서 가장 인상 깊었던 회원은 하루키의 광팬이라는 분이었다. 그분은 『노르웨이의 숲』에 등장하는 대학 캠퍼스로 추정되는 와세다 대학을 방문하고, 나오코와 미도리가 걸으며 대화한 신주쿠의 동선을 걷는 여행을 하고 왔다고 말했다. 이것은 내가 매우 좋아하는 여행 방법 중 하나다. 소설 속의 배경이 되는 곳을 실제로 가면 내가 그 소설의 주인공이 된 것 같은 착각에 빠져 종이의 글자가 정말 내 것이 되는 기분이다. 그러면 꼭 유명 여행지를 찾아다녀야 한다는 강박에서 벗어날 수도 있다.

책 이야기를 본격적으로 시작하니 나처럼 예전에 한 번 읽어서 두 번째 읽었다는 분도 많았고, 하루키 소설 중에 가장 좋아하는 작품이라고 말하는 회원도 많았다. 『노르웨이의 숲』을 과거에는 연애소설로 생각하며 보았다는 분들도 있었다. 이런 이야기를 들으면서 나는 어땠나 기억을 더듬어 보았지만 희미했다. 한 가지 정확한 것은 연애소설로 보지는 않았다는 것. 십대 시절 연애의 아픈 기억을 갖고 있지 않아서 그럴 수도 있겠지만 『노르웨이의 숲』의 사랑 이야기보다는 『상실의 시대』라는 제목이 주는 정서가 내게 각인되었다. 제목에서 느껴지는 무미건조함이 나를 푹 빠지게 했기에 훗날 이 책의 원제가 『상실의 시대』가 아닌 『노르웨이의 숲』이라는 사실을 알았을 때는 원래 알던 제목의 느낌이 반감돼 어안이 벙벙했다.

2000년대 초반 '봄날의 곰을 좋아하세요?'라는 제목의 영화가 있었다. 맥락 없이 봄과 곰이라니 무슨 소리인가 싶었지만 그것이 꽤나 감각적이라고 생각했다. 책에도 비슷한 말이 등장한다. 나오코가 미도리에게 "봄날의 곰만큼 좋아"라는 말을 하는 장면이 있다. 처음 읽을 때는 눈에 들어오지 않았는데, 20년이 지나 읽으니 그 구절이 확실히 다르게 느껴졌다. 삼십대의 나에게 『노르웨이의 숲』은 지나칠 수 없는 구절이 꽤 많았다. 같은 책을 읽어도 상황에 따라 마음속에 들어오는 것이 천차만별이니 이것이 바로 같은 책을 여러 번 읽을 때 만나는 매력일 것이다.

독서모임의 최고 가치는 소통

직장생활에서 중요한 것 중 하나는 소통이다. 그런데 나는 이 중요한 것을 능숙하게 해내기가 참으로 어렵다. 주위를 둘러봐도 소통에 능한 사람을 쉽게 찾을 수 없다. 사실 이것은 비단 회사에서만의 문제는 아니다. 가장 가깝다는 가족끼리도 소통이 원활하지 않다. 회사나 집에서 서로 언성을 높이는 경우 가만히 보면 대화를 하다 의외로 쉽게 해결되는 경우가 많았다. 대부분은 자신만의 기준으로 생각해서 일어나는 오해가 문제였다. 아무리 강조해도 지나치지 않은 '소통'을 나뿐만 아니라 왜 다들 제대로 하지 못할까 궁금증이 생기던 차에 독서모임으로 실마리를 찾았다.

주입식 교육으로 우리나라 학생들은 자신의 생각을 공유하고 논리적으로 말하는 연습을 충분히 하지 못한다. 이런 상태로 회사에 입사해 일을 하면 나와 다른 이야기를 하는 상대방의 말을 경청하

고, 다른 생각을 갖고 있는 사람을 설득시키기가 여간 어려운 것이
아니다. 나 역시 신입사원 시절 많은 부침을 겪었고 지금도 이것
이 힘들다. 그런데 독서모임을 하면서는 소통이 조금은 쉽게 느껴
졌다. 같은 책을 읽고 나오는 다른 시선을 마주하는 경험을 토대로
회사에서도 다양한 생각과 의견을 유연하게 받아들이려고 노력하
게 되었다. 잘 모르는 사람에게도 나의 생각을 편안하게 때로는 논
리적으로 표현하면서 내가 바뀌고 있다는 것을 자연스레 느낀다.
이런 과정이 소통에 중요한 영향을 미친다고 생각한다. 이 점이 내
가 발견한 독서모임의 최고의 가치이다. 그래서 나는 조금 더 유연
한 어른이 되기 위해서라도 독서모임을 꾸준히 할 생각이다.

이헌이 생각하는 독서모임 에티켓

- 완독하는 것이 가장 좋지만 다 읽지 못했다면, 경청할 준비를 하세요.
- 시간 약속을 잘 지킵시다.
- 모임 내내 타인의 말을 경청해 주세요.

 독서모임에서 읽은 책 베스트 3

1   줄리언 반스의 『예감은 틀리지 않는다』: 인간의 찌질함과 자기 합리화를 설득력 있고 기품 있게 표현한 작품이다.

2   오르한 파묵 외 『작가란 무엇인가』: 소설가들의 내밀하면서도 정밀한 글쓰기의 세계를 간접경험할 수 있는 것만으로도 흥미롭다.

3   이진경의 『철학과 굴뚝청소부』: 마치 『수학의 정석』, 『성문종합영어』 같은 안내서이지만 두 권의 책이 어려운 것처럼 『철학과 굴뚝청소부』도 결코 쉽지 않다.

six

—

김 연 지

책과 사람이 따뜻한 독서모임

독서모임이
뒤죽박죽 일상을 되돌려 줄까

세상에는 이야기가 차고 넘친다. 아침에 잠에서 깨는 순간부터 잠드는 순간까지 스마트폰 화면 속 정보들은 자신의 이야기를 들으라고 쉴 새 없이 사인을 보낸다. 손가락으로 톡톡 단어 몇 개만 입력하면 무수한 이미지와 글자를 쏟아 낸다. 화면을 바라보고 있으면 순식간에 시간은 지나가 버린다. 하지만 마음속에 남는 이야기는 그리 많지 않다. 똑똑하다는 '스마트폰'을 전화와 카메라 정도로만 사용하고 있는 나에게 주변 사람들은 '기계치'라는 말을 한다. 하지만 나에게는 스마트폰과 친해지는 시간이 여전히 필요하다. 학창시절 MP3가 나왔을 때도 다들 제품의 디자인과 그 안에 넣을 수 있는 노래 이야기로 시끌시끌했다. 하지만 나는 좋아하는 가수의 앨범 발매일을 기다리며 음반 가게에서 CD를 구입하고 앨범 재킷의 가사를 보면서 음악을 들었다. 나에게 MP3나 스마트폰은

새학기의 교실과도 같은 느낌이었다. 마주했을 때 설레는 감정이 일고 시간이 지나면 편안해져 친밀감이 생긴다는 사실을 안다. 하지만 마음 편하게 "안녕?"이라는 인사를 건네기까지는 시간이 필요한 존재였다. 독서모임을 통해 변화된 일상을 돌아보면 MP3나 스마트폰에 적응해 가는 모습과 비슷한 구석이 있다.

2014년 일을 쉬어야겠다는 결심을 했다. 어떤 계획이 있던 것은 아니고 그냥 쉬고 싶었다. 제대로 쉬겠다고 결심을 했지만 어느새 낮과 밤이 바뀌는 생활을 하고 있었다. 잠 못 드는 밤의 적막을 쉽게 깨워 주는 것이 스마트폰이라는 것을 그때 알게 되었다. 스마트폰이 조금 재미있기는 했지만 신뢰가 쌓인 상태는 아니었다. 스마트폰과 나는 인사 정도를 나눈 사이였다고나 할까. 그래서 스마트폰의 정보들(가장 저렴하다는 쇼핑몰, 제일 맛있다는 맛집 등)을 확인하고 또 확인했다. 그러면서도 그것들을 믿고 무언가를 사거나 맛집을 간 적은 없었다.

3월의 어느 날도 잠이 오지 않아 스마트폰 화면을 들여다보고 있었다. 그때 '하나의책과 함께하는 독서모임 회원 모집'이라는 공지를 봤다. 순간 이것이 낮과 밤이 바뀌어 몽롱한 나의 일상을 원래대로 돌려줄 것 같은 느낌을 받았다. 침대에서 몸을 일으켜 내용을 천천히 읽고 글자를 입력해 메시지를 보냈다. 스마트폰으로 무언가를 처음 해 보니 설렜지만 '믿을 만한 모임일까?'라는 의심도 동시에 들었다. 메시지를 보내는 동안 화면에는 손 끝에 맺힌 땀이

묻었다. 전송 버튼을 누른 후 나도 모르게 스마트폰을 멀찌감치 내려놓고 물끄러미 바라봤다. 모르는 사람이 그런 내 모습을 봤다면 '썸남'에게 연락하고 답을 기다리는 상황이라고 생각할 정도로 긴장을 했다. 14분 만에 모임을 안내하는 답이 왔다. 그때부터 나는 첫 만남에서 어떻게 인사를 건넬지, 어떤 사람들이 나올지, 또 어떤 책들을 읽게 될지 기대했다. 동시에 그동안의 독서 편식이 걱정돼 마음이 괜히 분주했다.

독서모임 시작하기 그리고 책 고르기

　3월 첫 모임의 기억은 차가움과 불안함이다. 초봄의 아침 바람이 차가웠고 지하에 자리 잡은 모임 장소인 카페 안 온도도 차가웠다. 집에서 카페까지는 2시간의 여유를 두고 나와야 하는 거리였다. 초행길이라 대중교통을 선택했고 평소 출근할 때보다 일찍 일어나 움직였다. 첫 모임에 혹시 늦을까 봐 불안했지만 동시에 기대감을 함께 안고 카페로 향했다.

　카페에 들어갔을 때 하나의책 출판사의 하나 대표가 자리에서 일어나 나를 맞아 줬다. 새 학기를 맞은 교실에 들어오는 학생을 따뜻하게 맞아 주는 선생님처럼 느껴졌다. 나도 교사시절이 있었기에 안다. 선생님이라고 해서 처음이 편한 것은 아니라는 것을. 선생님도 새로운 아이들이 낯설고 어색하다. 어떤 아이들을 만날지, 돌발 상황이 생기지는 않을까 긴장된다. 하지만 선생의 역할과

책임이 있기에 아이들에게 먼저 용기를 내 다가가려고 노력한다. 그날 하나 대표의 표정에서 그 모습을 느낄 수 있었다. 그래서 마음에 들었다. 지나치게 사교적인 혹은 사업적인 느낌이 들지 않아서 좋았다. 차가웠던 기운이 따뜻한 커피를 마시기도 전에 사라진 기분이었다.

그날은 하나의책 독서모임이 처음 시작된 날이었다. 모인 회원들의 표정은 비슷했다. 약간의 긴장감이 느껴지는 표정과 어색한 웃음을 주고받았다. 하지만 책 이야기를 하면서 표정이 자연스러워졌고 웃음소리도 커져 갔다. 자기소개와 모임에 참여하게 된 이야기들을 나누며 신기하게 취향이 비슷하다는 것을 느꼈다. 누군가와 공감하고 있다는 감정은 언제나 새로운 에너지를 생기게 한다. 그날이 그랬다.

모임이 마무리되고 그 기분을 이어 가고 싶어 나는 그 자리에 남아 시집을 읽으며 시간을 더 보냈다. 그날 남겨 둔 짧은 메모에는 '기분이 좋으니 홍대역까지 걸어가야지', '걸어가는 길에 노 오븐 디저트에 나오는 아저씨 봤다'라는 문구가 적혀 있다. 요리 프로그램인 '노 오븐 디저트'에 출연한 웹툰 작가 김풍을 봤던 것이다. 그리고 마지막 메모. '독서모임에 나왔더니 재밌는 일들이 많이 생긴다.' 그날의 기억은 따뜻하고 기분 좋은 에너지로 가득 찬 하루였다.

첫 모임 후 우리는 책을 정해 독서모임을 시작했다. 당시에는 회원들이 돌아가며 읽을 책을 정했고 그러고 나면 하나 대표가 책을 보내 줬다. 나는 세 번째 모임에서 책 선정을 맡게 되었다. 나보다 훨씬 책을 많이 읽는 분들에게 책을 추천하는 일은 너무 어려웠다. 게다가 출판사 대표가 함께하는 모임에 내가 책을 추천한다니. 초조하게 보초를 서는 미어캣이 된 기분이었다. 고민을 하던 중 주위에서 추천받은 황현산 선생님의 『밤이 선생이다』가 떠올랐다. 이 책의 제목을 처음 들었을 때 '밤'이라는 단어가 내가 겪은 수많은 '밤'을 떠오르게 했다.

밤이 갖는 의미나 이미지는 다양하겠지만, 나에게 밤은 낮보다 더 많은 에너지를 내는 시간이다. 아침에 하는 샤워는 양치와 머리 감기까지 분 단위의 시간에 맞춰 해내는 거라면 저녁에 하는 샤워는 내 컨디션에 맞는 향의 클렌저와 크림까지 천천히 골라 바르며 하루의 균형을 맞추는 시간이다. 그렇게 균형을 맞춘 다음 조금 더 긴 호흡을 이용해 생각할 수 있는 시간이 밤이기에 나는 낮보다는 밤에 조금 더 살아 있음을 느낀다. 「한겨레」와의 인터뷰에서 황현산 선생님은 "낮이 논리와 이성, 합리성의 시간이라면 밤은 직관과 성찰과 명상의 세계, 의견을 종합하거나 이미 있던 의견을 한 단계 끌어올리기 좋은 시간이다"라고 하셨다. 이것은 내가 제목에서 느낀 것과 비슷한 말씀이었다.

하나 대표에게 "책 결정했어요. 황현산의 『밤이 선생이다』예요"라고 전하니 5월의 첫날, 책이 배달되었다. 당시에는 하나 대표가 선정 도서를 회원들에게 보내 주었다. 다른 회원들이 책을 받고 어떤 느낌이었을지 궁금하기도 하고 걱정스럽기도 했다. 소개팅을 시켜 준 주선자의 마음 같았다.

나는 책에서 저자가 너무 가르치려 드는 문체를 마주하면 그 책을 끝까지 읽지 못한다. 『밤이 선생이다』에 '선생'이라는 단어가 있어 마음 한구석에 경계심이 있었는데 책을 넘기며 스스로 만든 편견이 와르르 깨어지는 경험을 했다. 이 책을 읽으며 나는 연신 고개를 끄덕였고, 지나간 문장도 페이지를 넘기기 전 다시 읽었다. 그런 모습은 지금까지의 독서 습관과는 다른 것이었다. 나는 시를 읽을 때만 문장 하나, 단어 하나를 곱씹었고, 다른 장르의 책을 읽을 때는 속독하듯 읽었다. 그래서 쉽게 읽히지 않는 책은 끝까지 읽지 못하는 것이 나의 독서 습관이었다. 이 책을 읽으면서 독서편식 습관을 고칠 수 있겠다는 생각이 들었다.

『밤이 선생이다』는 엄마가 끓여 주시던 오징어가 들어간 김치찌개 같았다. 나는 김치찌개를 싫어한다. 어린 시절 엄마가 오징어찌개라고 하시며 밥상에 올려 준 음식을 먹고는 밥 한 공기를 뚝딱 먹어 버렸는데 사실 그것은 김치가 많이 들어간 찌개였다. 결혼을 한 뒤 지금까지도 무조건 엄마표로만 먹는 음식이 오징어찌개다. 가깝게 있지만 때론 그립고 마주하면 다시 힘이 나게 하는 그 찌개처럼 『밤이 선생이다』도 나에게 그런 책이 되었다. 오롯이 '황현산 선생님표'여야만 하는 그런 시선이 있었다.

책을 읽은 후 기대감과 걱정을 함께 안고 세 번째 독서모임에 갔다. 이날은 새로운 분들도 계셔서 처음에 살짝 어색했지만 생각을 나누다 보니 어느새 편안한 분위기가 만들어졌다.

책의 첫 느낌을 공유했는데 황현산이라는 작가가 낯설다는 의견들이 있었다. 그 뒤 대화에서 가장 많이 나온 단어는 내공과 따뜻함이었다. 사물 또는 현상에 대한 시선은 같을 수 있으나 그것을 글로 표현해 내고 독자에게 공감을 불러일으키는 힘, 바로 그 내공 말이다. 이와 함께 아버지와 대화를 나눈 듯한 책이었다는 의견, 선배에게 조언을 듣는 것 같다는 의견 등 다양한 관점이 오고 갔다. 세상을 바라보는 선생의 시선을 배우고 싶다는 의견은 공통적이었다. 어느새 나는 어른들의 세상에 살고 있지만 그 세상을 알게될 때마다 거기에서 벗어나고 싶은 생각이 든다. 동시에 '우리가 생각했던 어른이 진짜 있는 걸까?'라는 의문도 갖고 있었는데 『밤이 선생이다』를 통해 그 해답을 찾아가는 기분이 들었다.

그 후 2018년 초여름 황현산 선생님의 건강이 악화되었다는 소식을 들었고, 얼마 후 선생님의 부고 소식을 기사로 접했다. 페이지를 다시 넘기며 읽던 선생님의 문장들이 턱 밑에서 턱턱 부딪히는 날이었다.

"대개 서재에 있는 책들의 경우는 죽은 사람들이 쓴 글이 거의 3분의 2를 차지하는데 책은 그 사람들의 무덤이기도 합니다. 끝도 없이 그 사람들과 대화하고 가르침을 받고, 또 싸우기도 하면서 그 무덤에서 그 사람들을 끄집어내는 일을 하고 있습니다. 그러다 보니 책이라는 것은 사람들의 무덤이면서 동시에 다시 탄생하는 자리라는 느낌이, 제가 나이가 드니까 여실하게 느껴집니다."

네이버 '지식인의 서재'에서 선생님이 한 말씀이다. 나도 오랫동안 선생님을 끄집어내 질문하고 대화하겠다는 생각이 들자 선생님의 죽음이 조금은 덜 슬프게 느껴졌다. 동시에 독서의 이유를 묻는 질문에 예전보다 잘 설명할 수 있게 되었다.

다른 사람에게 독서모임 전파하기

독서모임 장소는 사실 꽤 멀었다. 혼자 1시간 이상 운전을 해서 가야 하는 거리였다. 때문에 대부분 아슬아슬하게 도착해 주차를 했던 것으로 기억한다. 그런데 전혀 다르게 기억되는 모임이 있는데, 『나는 지방대 시간강사다』를 쓴 김민섭 작가님과 독서모임을 했던 날이다. 하나의책에서 처음으로 저자와 함께하는 모임이었다. 하나 대표가 미션을 줬다. 책을 좋아하는 친구를 한 명씩 데리고 오라는 것. 머릿속에 여러 명이 떠올랐지만 간혹 독서모임에 들렀다 인사만 건네고 근처에서 볼일을 보던 남편과 함께하기로 결정했다. 남편에게 같은 책을 읽은 사람들이 나누는 이야기의 힘을 느끼게 해 주고 싶었다.

모임 날이 다가왔는데 사 놓은 책을 완독하지 못했다. 그래서 우리는 대중교통으로 모임 장소에 가기로 했다. 다 읽지 못한 부분을 읽으며 가기 위해서다. 지하철에는 사람이 꽤 많아서 우리는 서서 책을 펼쳤다. 운전을 하기 전에는 버스나 지하철에서 책을 많이 읽었는데 요즘은 그럴 기회도 없다. 어쩌다 대중교통을 이용하더라도 스마트폰에 집중했던 기억이 더 많다. 흔들리는 지하철에서 오랜만에 책을 읽으니 설레고 즐거웠다. 책을 읽으면서 대화도 나눴다.

"이 작가는 글을 잘 쓰는 사람 같아."

"작가니까."

"작가라고 다 잘 쓰는 건 아니지. 내 기준에 글을 잘 쓰는 작가는 읽기 쉽게 쓰는 사람이거든."

"음. 그래? 읽는 사람에 따라 다른 건 아닐까?"

"읽는 사람의 배경지식이나 경험에 따라 다르겠지만 이 책은 잘 읽혀. 이분이 국문학을 전공했다는데 그래서 그런가?"

"그럴 수도 있겠다. 모임에서는 책 내용뿐 아니라 다른 이야기도 많이 하지?"

"책 이야기, 직장에서 있었던 일을 말하면서 먹고사는 이야기 해. 책 읽고 만나는 친구들 모임 같아."

"그러네."

"오빠도 독서모임 해 보는 건 어때?"

"생각해 볼게."

사실 주변 사람들에게 내가 참여하는 독서모임은 호기심의 대상이다. 모든 사람들이 책 읽기를 좋아하는 것은 아니기 때문이다. 실제로 내가 독서모임을 이야기했을 때 들었던 말들은 다음과 같다.

"독서모임을 한다고? 오~ 잘 알지 못하는 사람들 앞에서 책 읽고 발표해?"

"바쁜데 책 읽을 시간은 있어? 책 사진 찍고 허세 부리는 그런 느낌 아니야?"

"나도 해 보고 싶었는데 시간이 없어서."

"책을 모임까지 하면서 읽어? 혼자 읽으면 되지."

"난 아직도 책 읽으면 졸려."

독서가 갖고 있는 이미지는 대부분이 긍정적이지만 그렇지 않은 부분도 있다. 말과 행동이 마음에 들지 않는 정치인이나 유명인이 툭하면 책을 들고 사진을 찍는 것이 그 이유일지도 모르겠다. 책의 부정적인 이미지에는 과시 혹은 허세라는 의미가 들어 있다. 그렇지만 나는 김영하 작가의 "책을 읽는 사람들이 모이는 힘"이라는 말에 무척 공감한다. 그리고 독서모임을 하는 사람이 주변에 있는 것과 없는 것은 분명 차이가 있다고 생각한다. 책을 읽는 사람들에게뿐 아니라 책을 읽지 않는 사람들에게 독서모임의 존재를 알리는 것은, 책을 읽는 사람들의 힘만큼 중요하다고 생각한다. 그런 의미에서 가장 가까운 남편에게 처음 독서모임을 권유한 날이기에 기억에 많이 남는다. 하나 대표가 제안한 '친구 데려오기' 미션을 성공한 기분이었다. 실제로 내가 독서모임에 참여하면서부터 모임 이야기를 주변에 전하니 한 친구가 회사에 독서모임을 만들었다며 읽은 책을 추천해 달라고 연락을 하기도 했다. '친구 데려오기'가 '독서모임 전파'로 발전한 것 같아 뿌듯한 기분이었다.

　김민섭 작가님을 모신 장소에 도착하니 평소보다 북적였다. 다들 각자 친구나 가족을 데려왔으니 모임은 더 활기찼다. 작가님과 인사를 나눈 우리는 돌아가면서 『나는 지방대 시간강사다』 감상평을 말했다. 자유롭게 작가님에게 질문을 한 기억도 난다. 조곤조곤 대답하던 작가님의 모습과 말투가 기억에 남는다. 작가님과 함께 하는 독서모임도 꽤 근사했다. 나는 이날 작가님에게 작은 선인장을 건넸다. 나중에 작가님의 SNS에서 그 선인장의 안부도 확인할 수 있었다.

독서모임에서 다시 사람을 보다

"취향에 맞지 않은 책이라 끝까지 완독하지 못했을 때 어떻게 모임을 준비했는지, 그때의 심경을 써 보면 어떨까요."

이 글을 쓰던 중 하나 대표의 제안을 들었다. 가장 열심히 모임에 나갔던 2015년의 기억을 더듬어 보았다. 떠올릴수록 민망했다. 취향에 맞지 않아서 읽지 못한 것이 아니라 그냥 못 읽은 시기였기 때문이다. 독서모임의 중요한 약속인 '함께 읽기'를 지키지 못했다. 그런 내 모습을 타인이 봤다면 허세를 위해 모임에 나가는 것으로 비쳤을 것 같다.

2015년 1월 가장 뜨거운 이슈는 어린이집 학대 사건이었다. 일을 그만두고 쉬던 때였는데 마침 지인의 부탁을 받아 한 어린이집의 원감과 담임을 동시에 맡고 있었다. 회의를 할 때마다 '아동학대 예방 교육'을 진행했을 정도로 대한민국의 유아교육 기관들은 말 그대로 비상이었다. 곳곳에서 "선생님이 때려, 안 때려?"라는 질문이 넘쳐 났고, 학부모에게 CCTV를 확인시키는 것이 일과의 대부분을 차지했다. 진심을 다하는 교사의 마음은 그 당시 큰 의미가 없었다.

하루는 한 학부모가 "선생님 00가 어제 우리 애를 밀었다는데 그때 선생님이 안 계셨다네요. CCTV 좀 보여 주세요"라고 말했다. 화면을 보니 00가 그 학부모 아이의 어깨를 살짝 밀었고 내가 다가가 두 아이와 이야기를 나누는 모습이 잠깐 나왔다. 그러다 문 쪽을 바라보던 내가 그쪽으로 가는 모습이 보였다. 문 쪽으로 화면을 돌려 보니 그곳에 없었다던 내가 다른 아이의 다 쏟아진 도시락과 가방을 정리하고 있었다. 함께 영상을 본 학부모는 "아, 죄송해요"라며 돌아갔고, 나는 화면 속 내 모습을 보며 눈물을 흘렸다.

스트레스를 너무 받았고, 거절을 하지 못하고 다시 일을 시작한 스스로가 답답하게 느껴졌다. 당장 여행을 떠날 수도 없었고, 퇴근 후 술 한잔을 할 체력도 없었다. 하지만 다시 아이들 앞에 서기 위해서는 마음을 정화하는 과정이 필요했다. 마음에 썩은 물이 고일 때마다 독서모임의 선정 도서를 확인하고 서점에 들렀다. 에너지가 바닥이었던 나는 책을 고를 힘조차 없었기에 독서모임 지정도서를 사는 데에 그쳤다. 서점에 가면 그림책 코너에 바글바글 앉아 있는 아이들을 바라보며 마음의 위안을 받았다.

너무나 정신이 없는 일정으로 책은 반도 못 읽었지만 독서모임 날짜를 확인하면 마음이 잠시나마 편안해졌다. 독서모임에 참여하는 것 자체가 당시 나에게 유일하게 효과 있던 약이었다. 그래서 완벽하게 이기적인 마음으로 모임에 나갔다. 물론 책을 완독하지 못했기에 회원들에게 너무 미안했다. 그 마음을 조금 덜기 위해 모임 전에 책과 작가에 대한 정보를 찾고 서평도 읽었다. 열심히 읽고 나오는 회원들에 비하면 무척 성의 없는 태도였다. 회원들도 그런 나의 모습을 알고 있었으리라. 하지만 모임에 가면 언제나 내 이야기에 귀 기울여 줬고 공감해 주었다. 한번은 약속장소인 '창비 카페'가 아니라 '빨간 책방'에 도착해 있다고 연락을 한 나를 위해 장소를 '빨간 책방'으로 바꿔 주기도 했다. 사람에게 날이 서 있던 그때의 나에게 다시 사람을 바라보게 해 준 독서모임 회원들에게 큰 감사를 느낀다.

시 읽기와 독서모임

하나의책에서 진행되는 행사에는 간간이 참여했지만 독서모임에 참여하지 못하던 시기도 있었다. 그러다 '시 필사 & 낭독 모임 시작합니다'라는 공지를 발견했다. 세상에, 시 모임이라니! 이것은 무조건 신청해야 하는 모임이었다. 좋아하는 책이 무엇이냐는 질문을 받으면 나는 "시집이요"라고 대답할 만큼 시를 좋아한다. 학창시절 친구들과 주고받은 100문 100답 중 '꼭 하고 싶은 일'에 대한 답변 중 하나가 시인이었다. 친구들은 나를 '김 시인'이라고 불러줬다.

시를 읽을 때면 무릎을 탁! 치게 만드는 시어에 감탄하고 또 감탄한다. 어린 시절 시인이 되겠다고 한 말은 내가 정말 뭘 몰라서 했던 말이었다는 것을 알기까지는 긴 시간이 필요하지 않았다. 나를 감탄하게 만들었던 시어가 시인의 언어로 표현되기까지는 사물을 바라보는 시선에 얼마나 큰 정성을 들여야 하는지 알았기 때문이다. 타인이 중요하다는 잣대를 뒤로 과감히 미뤄 둬야 할 때도 있고, 때로는 나를 미뤄 둬야 할 때도 있다는 것을 알았다. 그래서 나는 시인을 진심으로 존경한다.

시 모임의 일정을 안내받고는 마음의 엉덩이가 들썩들썩하는 기분이었다. 시 모임은 선정된 시집을 읽고 가장 마음에 드는 시를 고른 뒤 필사와 낭독을 한 후 각자 고른 시를 소개하는 방식으로 진행됐다. 나는 시가 아니더라도 무언가를 쓰는 것을 좋아한다. 가장 좋아하는 필기구는 연필과 만년필이다. 종이에 쓸 때 나는 사각거리는 소리가 좋다. 아무 의미도 없어 보이는 낙서도 천천히 보고 있으면 나도 몰랐던 내 생각들을 발견하게 한다. 그런 맥락에서 눈으로 읽은 시보다 필사를 했을 때 시어의 의미가 조금 더 정확히 전달된다.

시 모임에서는 회원이 모이면 하나 대표가 꽃 일러스트가 그려진 엽서를 나눠 줬고 거기에 필사를 시작했다. 엽서에 회원들이 한 자씩 적을 때마다 들리는 사각사각 소리에 맞춰 수많은 시어가 하나의책 공간을 가득 채우는 기분이 들었다. 필사가 끝난 뒤 낭독 시간을 가졌다. 마음에 드는 시를 낭독하는 것은 생각보다 큰 의미와 효과를 가져왔다. 시에서 각자 느낀 감정이 중간중간 호흡으로 뻗어졌고, 듣는 이의 귀와 마음에 툭툭 날아왔다. 여태껏 해 보지 못했던 '시 제대로 읽고 느끼기'를 경험했다. 시는 주로 혼자 읽는 것으로 생각했는데 다시 한번 함께 읽는 힘을 실감했다.

독서와 독서모임의 의미

가족 여행 중 6살짜리 조카가 창문 밖을 가리키며 "바, 다, 호, 집"이라고 간판을 읽었다. 아이 엄마인 동생은 "바다횟집"이라고 다시 차분히 알려 주었고 부모님은 이제 간판도 척척 읽는다며 조카를 칭찬했다. 나 역시 "우와~"라는 감탄사를 조카에게 보냈다.

우리나라 교육에서 읽는다는 것은 매우 큰 의미가 있는 듯하다. 스스로 글자를 읽기도 전 어른들은 아이에게 많은 책을 읽어 주고 아이가 어쩌다 책 속의 문장을 맞게 말하면 기뻐하면서 글자를 읽어 보라고 한다. 그러면 아이는 당황스러운 표정과 함께 눈치를 보며 떠듬떠듬 외운 이야기를 말한다. 아직까지 우리나라에서는 읽기, 특히 책 읽기는 학습이라는 개념이 강하다. 시험을 잘 보기 위한 독서를 좋아하는 사람은 없다. 그래서 성인이 되어서도 책 읽기는 따분하고 지루한 것이 된다.

하지만 나에게 읽기는 다른 의미다. 내가 잘하지 못하는 것 중 하나가 잠자기인데 엄마 말로는 아기 때부터 잠을 잘 자지 않았다고 한다. 지금까지도 불면증이 익숙한 삶을 살아가고 있다. 어린 시절 식구들이 모두 잠든 컴컴한 방 안에 혼자 말똥말똥 눈을 뜨고 있자면 창밖의 흐릿한 빛이 스며들어 와 장롱과 천장 사이에 있는 박스의 문구가 눈에 들어왔다. '규수', '골드', '차밍' 등의 글자는 미로 같기도, 퍼즐 같기도 한 재밌는 장난감이었다. 한글을 조금씩 읽게 되면서 그 의미를 알아 가는 것도 재밌었다. 글자를 읽는 건 가장 즐겁고 가까운 친구가 생기는 것과 같은 의미였다. 그래서 자연스럽게 책 읽기도 좋아하게 되었다.

초등학교 입학할 무렵 많이 아팠다. 꽤 자주 숨을 못 쉬고 온몸에 식은땀을 흘렸고 곧 죽을 것 같은 공포심에 팔짝팔짝 뛰었다. 부모님은 여기저기 잘한다는 병원에 날 데리고 다니셨지만 병명을 알 수 없었다. 하루는 어느 절에 들어가 엄마와 하룻밤 잠을 잔 기억이 있는데 지금 생각해 보면 굿 비슷한 것을 한 것 같다. 이제는 병명을 짐작한다. 요즘으로 말하면 공황장애와 증상이 같았다. 그때 유일하게 내가 할 수 있던 일은 무서운 생각들이 떠오르면 재미있게 읽은 책의 내용을 주문처럼 몇 번이고 되뇌는 것이었다.

학교를 꼬박꼬박 나갔지만 자주 조퇴를 했고, 아이들과 어울리기보다는 집에 있는 시간이 많았다. 내 평생 가장 많은 책을 읽은 시절이다. 의미는 다 몰라도 아빠의 책꽂이에서 고전을 꺼내 읽었고 새 책을 사는 날은 가장 신났다. 한번은 학교에서 시험을 보는데 책에서 본 대로 답을 적었다가 오답처리가 된 적이 있다. 아빠는 내가 본 책을 낸 출판사에 전화해 수정을 요구했고 사과를 받았다. 말 그대로 나에게 책은 스승이고, 학교이자, 정답을 알려 주는 존재였다.

사춘기 시절에는 내 안에서 질문들이 쏟아졌다. 집에서는 괜찮았는데 학교생활이 문제였다. 내 질문에 답해 주는 선생님은 없었다. 답답했고 항상 화가 났다. 삐죽삐죽 튀어나온 나를 다 때리려고만 한다고 느꼈다. 그런데 어느 날 국어선생님이 수업시간에 "이렇게 비가 오는 날에는 따뜻한 방에서 책 읽으며 커피에 에이스를 적셔 먹어야 하는데"라고 말씀했다. 그 말에 나는 엄청난 집중력이 생겨 선생님을 바라봤다. 그 기분을 너무나 잘 알기 때문이었다. 선생님은 나와 눈을 마주치시며 "정말 좋겠지?"라고 하셨다. 얼마 뒤 선생님은 나에게 독후감 대회에 나가기를 권유했다. 그렇게 나간 대회에서 상을 타 오자 학교에서 나에게 오는 시선도 한결 부드러워졌다. 그때 누군가가 나와 같은 감정을 공유해 준다는 것이 얼마나 큰 의미인지 깨달았다.

공부는 안 하더라도 책은 읽었다. 그렇게 책 읽기와 국어선생님 덕분에 '질풍노도의 시기'의 학창시절을 잘 보냈다. 지금도 비 오는 날이면 읽을 책과 함께 선생님의 미소가 떠오른다. 유독 혼자 있던 나에게 함께 책을 읽는 기쁨을 알게 해 주신 선생님께 직접 뵙고 인사를 드리고 싶지만 학교 졸업 후 얼마 뒤 선생님께서 돌아가셨다는 소식을 들었다. 너무 마음 아픈 일이었다.

가정형편이 나빠져 바로 대학에 진학할 수가 없었다. 사진작가가 되고 싶다는 꿈도 깊숙이 넣어 두고 최대한 빨리 많은 돈을 벌어야 했다. 그래야 부모님도 돕고 동생이라도 하고 싶은 것을 하게 해 줄 수 있었기 때문이다. 단어도 낯선 '3교대 근무'를 하는 곳으로 취직을 했고 회사 기숙사로 떠나던 날 엄마는 많이도 우셨다. 사회생활은 낯설었고 자의 반 타의 반 혼자인 시간을 보냈다. 어린 시절처럼 그때도 가장 가까운 친구는 책이었다. 그 어색한 공간의 기숙사에서 책을 읽으며 나의 공간을 채워 갔다. 버텼고 때론 즐거웠다. 책을 읽을 시간과 여유가 없을 때는 좋아하는 노래 가사를 적어 책처럼 읽었다. 시간이 지난 뒤 엄마는 나에게 "그래도 그때 네 침대 머리맡에 책이 있는 것을 보면서 안심했어"라고 하셨다.

나는 똑 부러지게 논리적으로 책 내용을 기억하며 큰 의미를 찾는 독서를 하지는 않는다. 그래서 조금은 부족하고 화려하지 않지만 편안한 친구 같은 존재가 나에게는 책 읽기다. 어쩌면 학창시절, 국어선생님과 비 오는 날의 책 읽기를 공감하며 마주했던 그 눈빛과 기억을 잊고 싶지 않아 독서모임에 나가는지도 모르겠다. 그러니까 이런 의미 있는 독서와 독서모임은 앞으로도 지속할 것이다.

김연지가 생각하는 독서모임 에티켓

- 주제와 관련 없는 이야기를 길게 하지 마세요.

- 가르치려는 태도는 삼가 주세요.

- 모임 전에 자신의 발언 내용을 정리·점검해 주세요.

- 내가 에티켓을 어긴 것 같다는 생각이 들면 간단하게라도 그 점을 언급하세요.

- 되도록이면 지각과 결석을 하지 마세요.

 ## 독서모임에서 읽은 책 베스트 3

1 황현산의 『밤이 선생이다』: 고개를 끄덕이며 쉽게 읽히는 듯하지만 다시 곱씹고 또 곱씹게 되는 책이다.

2 올더스 헉슬리의 『멋진 신세계』: 선호하는 장르는 아니었지만 머릿속에 그려지는 장면을 따라 긴장하며 읽은 책. 여운이 많이 남는다.

3 최승자의 『이 시대의 사랑』: 최승자의 시는 말 그대로 강력한 일렁임 그 자체였다.

seven

—

바 나 나 망 고

독서모임은
즐거움을 공유하고 배우는 곳

'진짜 변화'를 찾아서

연말이 되면 새해를 맞이하는 기도 제목과 목표에서 다이어트는 언제나 1순위였다. 하지만 사실 한 번도 제대로 다이어트를 한 적이 없었다. 연초의 분위기에 취해 며칠 잠깐, 주위의 잔소리를 듣기 싫어서 노력하는 척해 봤지만 진심으로 다이어트에 매달린 적은 없었다. 그런데 2013년 연말은 달랐다.

2014년 새해 목표를 쓰면서 그런 생각이 들었다. '죽기 전에 한 번만 말라 보자.' 그때 왜 그런 생각이 들었는지는 지금도 모르겠다. 계기가 된 사건도 없었지만 2014년에는 다이어트에 성공하자고 굳건하게 다짐했다. 다른 사람의 시선을 의식해 마지못해 하는 다이어트가 아니라 나를 위해서 도전하고 싶었다. '마지막이다. 이번에 못 하면 더 이상 다이어트는 계획하지도 말자.' 내 생애 마지막 다이어트 결심은 그렇게 비장하게 시작되었다.

새해가 되고 헬스장 앞을 서성였다. 굳게 결심한 만큼 선뜻 시작하기가 두려웠다. '정말 해낼 수 있을까. 마지막인데 실패하면 어쩌지.' 그렇게 14일을 고민했고, 15일째 되는 날 드디어 헬스장에 가 회원 등록을 했다. 혼자 운동을 하는 것은 두려웠기에 PT(개인 트레이닝)를 신청했다. 운동 계획을 세우기 위해 상담할 때 담당 선생님이 희망 몸무게를 적으라고 했다. 당시 80kg 가까이 나가던 몸무게를 감안해 65kg이라고 적었다. 그러자 선생님이 한마디 했다. 지금 자신의 몸무게가 무엇이든 다른 사람들은 45kg을 희망하는데, 나는 목표가 너무 소박하다고 했다. 내가 과연 얼마나 살을 뺄 수 있을까 걱정하면서 한편으로는 더욱 각오를 다지게 되었다.

그 후 내 삶은 운동을 중심으로 돌아갔다. 오롯이 선생님이 시키는 생활을 했다. 선생님이 권하는 운동 방식, 운동 시간, 식단을 실천했고 생활 패턴도 바꿨다. 아침 운동 1시간, 퇴근 후 저녁 운동 3시간을 철저하게 해냈다. 심지어 7개월간 친구도 만나지 않고 운동 위주로 생활했다. 눈물 나게 힘든 시간이었고, 그만큼 내 인생에서 다시는 생각하고 싶지 않을 정도로 고된 나날이었다. 하지만 운동을 시작하고 2개월 정도가 지나자 몸이 변하기 시작했다. 지속적으로 살이 빠졌고 기분이 좋았다. 하루가 다르게 변하는 내 모습이 낯설기도 했지만 그런 변화가 신기했고 '나도 할 수 있다'라는 용기를 얻었다.

나를 보는 사람들의 시선도 어느새 달라지기 시작했다. 살을 빼기 전 나를 알던 사람들의 태도 또한 예전과 같지 않음을 느꼈다. 오랜만에 만난 사람도 나에게 매우 호의적이었다. 이쯤 되면 기분이 날아갈 것 같을 줄 알았는데 이상했다. 체중 감량 후 주위의 관심을 누리는 영화 속 주인공처럼 행복해지리라 기대했는데, 마음에 상처가 생겼다. 내게 부쩍 친절해진 사람들의 시선이 곱게 보이지 않아서였다. 우연히 지나가는 사람에게 도움을 받더라도 '저 사람은 내가 뚱뚱해도 나를 이렇게 도와줬을까'라고 생각하곤 했다. 사뭇 달라진 사람들의 시선이 즐겁지 않고 괴롭기만 했다. 그래서 고민하다가 운동 선생님에게 속내를 털어놓았다.

"몸은 변했는데, 마음은 아직 뚱뚱한 예전 그대로의 상태네요."

이 한마디가 마음에 꽂혔다. 나는 절실하게 변하고 싶어 피나는 노력을 했는데 몸만 변했다니. 완전히 달라지고 싶었다. 몸과 마음이 모두 다른 사람이 되고 싶었다. 방법을 곰곰이 생각하는데 책이 떠올랐다. 당시 나를 위로해 준 존재는 출퇴근길에 읽던 책이었다. 그래서 책으로 무엇을 어떻게 할 수 있을까 고민하던 중 『독서 천재가 된 홍대리』에서 아이디어를 얻었다. 당시 지하철에서 재미있게 읽은 책이다. 그 책에 나온 '100일에 33권 읽기'에 도전해야겠다고 마음먹었다.

책만 읽어서는 온전히 변할 것 같지 않았다. 그래서 모르는 사람들이 있는 독서모임에 나가야겠다고 생각했다. 부딪쳐 보고 싶었다. 새로운 사람들을 만나는 연습을 통해 몸도 마음도 진짜 변한 내가 되고 싶었다. 그때부터 열심히 블로그를 검색했고, 한 독서모임 운영자와 이웃을 맺었다. 그분에게 독서모임 정보를 접하고 토요일 오전 10시의 모임에 나가기로 했다. 직장인이었던 나에게 토요일 오전은 좀 무리였지만 마음이 절박했기에 시간이 문제가 아니었다.

설레는 마음으로 첫 독서모임에 갔는데 예상보다 많은 사람들이 참석한 것을 보고 꽤 놀랐다. 주말에도 그렇게 부지런히 사람들이 모여 독서모임을 하는지 상상도 못 했다. 다들 논리적으로 이야기도 잘했다. 그날 읽은 책은 『실행이 답이다』였다.

> 다른 일을 하게 되면 다른 생각을 하게 되고 다른 방법을 찾다 보면 다른 결과를 얻게 된다. 지금까지와는 다른 결과를 원한다면 다르게 생각하고 다르게 행동해야 한다. (중략) 인생은 늘 실험의 연속이다.[*]

읽고 많이 울었다. 내가 겪고 있는 이 기분과 감정을 이해한다는 말처럼 느껴졌고, 지금은 내가 잘하고 있다고 격려하는 것 같았다. 제대로 실행하지 못했던 예전의 삶이 생각났고, 무언가 벅차오르는 감정이었다. 다이어트라는 커다란 산을 넘고 난 직후라 더 각별

[*] 『실행이 답이다』, 이민규 저, 더난출판사, 2011, p.152

히 느껴졌던 것 같다. 첫 독서모임 후 지속적으로 독서를 하고 독서모임에 참석해야겠다고 마음먹었다. 그리고 책으로 나의 인생이 조금은 달라질 수 있으리라는 희망이 생겼다.

강북 독서모임 'The울림'의 시작

　새로운 마음으로 시작한 독서모임은 강북에 사는 나에게는 꽤 먼 강남에서 진행됐다. 처음에는 토요일 오전 10시에 시작하는 것에도 아랑곳하지 않고 열심히 다녔지만 시간이 지날수록 늦잠을 자는 경우가 생겼다. 처음에 그렇게 좋았던 모임인데도 1년 정도 지나자 무뎌졌다. 모임을 몇 번 빠졌고 그러다 보니 나가는 것이 귀찮아졌다. 하지만 좋은 사람들을 만나 이야기 나누던 기억이 좋아서, 출퇴근 시간에 독서모임 책은 빼놓지 않고 챙겨 보았다. 그렇게 책을 혼자 읽으니 다양한 독후감을 듣고 싶다는 생각이 들었다. 다른 모임에 가입할까 고민하면서 인터넷을 검색했다. 그런데 내가 원하는 지역과 시간에 진행하는 모임은 없었다. 그러다 이참에 내가 독서모임을 만들어야겠다고 생각했다.

　정말 단순한 마음이었다. 어떻게 운영하겠다는 매뉴얼 없이 그저 독서모임이 좋았고, 독서모임을 하고 싶었다. 마음은 쉽게 먹었지만 어떻게 사람을 모집해야 하는지 막막했다. 예전에 다니던 독서모임은 블로그 댓글로 참여 신청을 받았다. 그것이 생각나 나도 블로그에 독서모임 모집 글을 썼다. 5명이 댓글을 달면 시작하기로 했다. 하지만 나는 이웃도 많지 않고, 방문자도 적은 블로거였다. 그렇다 보니 시간이 생각보다 오래 걸렸다. 5개월 정도가 흐른 후 함께하고 싶다는 5명의 사람이 모였다. 그분들과 시간을 조율해 우선 대학로에서 만나기로 했다.

설레는 마음으로 약속 장소에 갔다. 다들 인상이 좋았다. 그래서인지 편하게 독서모임에 대한 의견을 공유할 수 있었다. 독서모임 운영 경험이 없었던 나는 회원들의 도움을 받고 싶었다. 그래서 같이 운영하는 마음으로 도와줄 것을 부탁했다. 이날 우리는 4시간에 걸쳐 회의를 했다. 하나부터 열까지 우리가 원하는 대로 운영 방향을 정했다. 장소는 사람이 붐비지 않는 카페를 선택했다. 회원 중 1명이 서울역의 한적한 카페를 추천해 그곳에서 진행하기로 정했다. 빈도는 격주로 모여 한 달에 두 번씩으로 결정했다. 도서는 다 같이 상의를 해 후보 도서들을 고른 후 그중에서 내가 선정했다. 2016년 6월, 5명 모두가 리더인 강북 독서모임은 그렇게 탄생했다.

강북 독서모임의 첫 책은 다양한 작품이 소개된 『책은 도끼다』로 정했다. 책 속에는 '인간에게는 공유의 본능이 있다. 울림을 공유하고 싶다'라는 저자의 말이 있다. 회원들과 이야기를 나누는데 이 문장의 '울림'이라는 단어가 좋다는 의견이 많았다. 그래서 모임에서 많은 울림이 공유되길 바라며, 우리만의 특별한 모임 'The울림'으로 독서모임 이름을 정했다.

『책은 도끼다』처럼 책을 소개하는 책을 읽으면 내내 흥분이 된다. 이 책을 읽고 나면 또 다른 책이 나를 기다리기 때문이다. 남자친구가 직장 앞에서 나를 기다리는 기분이랄까. 이런 감상을 가지고 읽은 『책은 도끼다』는 내용도 모임의 첫 시작에 적합했다. 우리는 이 책을 중심으로 앞으로 함께 읽고 싶은 책을 뽑아 보았다. 우리가 왜 책을 같이 읽고 이야기하려는지, 독서모임의 의미가 더 뚜렷해지는 시간이었다.

특별한 발제 없이 진행된 첫 모임은 삶을 녹여 낸 이야기들로 풍성했다. 새로운 분들을 만나니 모임 분위기도 달랐다. 예전에 나갔던 독서모임은 인원이 많아 조별로 나뉘어 진행됐는데, 이번 모임은 소수가 참여하니 더 깊은 이야기를 할 수 있었다. 모든 것이 다른 5명의 구성원이 만나니 책에 대한 느낌도 5배가 되었다.

독서모임 운영자의 고민

　강북에서 시작한 독서모임에서 새로운 사람들을 만나고 이야기 나누는 것은 꽤 즐거웠다. 하지만 매번 여러 사람을 상대해야 했고, 갖가지 상황이 생기면서 독서모임이 부담스러워졌다. 평범한 직장인이었던 내가 독서모임을 직접 운영하는 것은 녹록하지 않았다. 답을 알 수 없는 고민들이 늘어 가고 있었다. 결석자에 대한 고민, 모임 안에서의 발언에 대한 의견 등 운영자의 어려움을 회원들에게 털어놓았지만 이해받지 못했다. 결국 고민은 내 몫이었다.

　그렇게 모임 내부에서 문제가 해결되지 않으니 외부에서 도움받을 곳을 찾게 되었다. 그러던 중 '하나의책' 블로그에서 독서모임 운영자를 대상으로 하는 '운영자 모임' 소식을 접했다. 독서모임을 진행하는 다른 분들은 어떻게 모임을 꾸리는지 궁금해졌다. 더불어 내가 고민하는 문제가 우리 모임의 문제인지 아니면 나의 문제인지 정확하게 진단받고 싶었다. 누군가 나의 모임을 그리고 모임 속의 나를 구해 주기를 바라며 운영자 모임을 신청했다.

퇴근 후 모임 장소로 향했다. 운영자들을 만나니 처음부터 마음이 편안했다. 그곳에서 나는 독서모임 사람들 때문에 고민하는 부분, 운영하면서 힘든 부분을 다 쏟아 냈다. 나와 나의 독서모임이 그날의 메인 주제가 되었다.

"그렇죠. 어떤 심정인지 알아요. 저도 그랬어요."

"그럴 때는 정말 힘들어서 모임을 그만두고 싶기도 하죠."

"회원들은 그런 고민을 잘 공감하지 못할 거예요. 제 모임의 회원들도 그러거든요."

이날 들은 말들은 커다란 위로가 되고 힘이 되었다. 나만 그런 것이 아니라 모두 그런 고민의 시간이 있다는 말에 안심도 되었다. 모임을 운영하는 분들이어서인지, 다들 내 말을 경청해 줬고, 나에게 응원의 눈빛을 보내 줬다. 내가 지금 대단한 일을 하고 있다는 말까지 들으니 용기가 생겼다.

이때의 대화를 계기로 내 모임을 냉철하게 진단해 봤다. 처음에는 잘 모르고 덜컥 시작한 모임이라 편한 것이 모두에게 좋다고 생각했다. 그래서 규칙도 없이 일단 사람을 모아 시작한 것이 문제였다. 5명으로 시작된 모임은 사람이 조금씩 늘어 규모가 커지기 시작했다. 이 회원들을 관리하고 모임을 준비하려면 운영자가 무엇을 준비해야 하는지도 몰랐다. 초반에 같이 준비하고 만들었으니 모두의 모임이라 여겼는데, 어느덧 모임의 고민을 나만 하는 것 같은 느낌이었다.

운영자 모임에서 만난 분들은 그 문제점을 정확히 짚어 주셨다. 모임에는 다양한 사람이 모이기 때문에 반드시 규칙이 있어야 한다는 것과 내가 운영하는 모임이 나만의 모임이 되어서는 안 된다는 것이었다.

가장 충격적인 발언은 왜 모임을 하는지 묻는 질문이었다. 한 분께서 왜 독서모임을 꾸리는지 질문했을 때 나는 "그냥 책을 같이 읽고 싶어서요"라고 단순하게 대답했다. 나는 한 번도 내가 왜 모임을 운영하는지, 내가 모임에서 정말로 즐거운지 생각해 본 적이 없었다. 그래서 그 질문이 오래도록 머릿속에 남아 있었다. 중요한 문제인 것 같았다. 다른 사람이 아니라 운영을 하는 내가 즐거워야 모임이 오래 유지된다는 이야기도 계속 기억에 남았다.

운영자 모임 이후, 다른 모임에도 참석해야겠다고 결심했다. 내가 어떤 모임을 만들어 가고 싶은지, 모임의 어떤 부분이 좋아 계속 독서모임을 진행하는지 알고 싶었다. 내 모임의 상태도 파악할 겸, 운영자가 아닌 참가자로 편하게 다른 모임에 나가야겠다고 마음먹었다.

또 다른 독서모임에 참석하기

내가 독서모임 운영자가 된 후 다른 사람이 진행하는 모임에 간 것은 잠실에서 진행한 하나의책 문학 독서모임이 처음이었다. 내가 운영하는 모임을 준비하려면 회원들과 나눌 질문을 떠올리며 책을 읽어야 하는데 다른 모임에 참석할 때는 그러지 않아도 되니 마음이 가벼웠다. 책도 더 흥미롭게 느껴졌다. 내가 참여자이니 회원들의 발언에 균형을 맞추기 위해 애를 쓰지 않아도 되어 홀가분했다. 나를 많이 드러내지 않아도 되는 점도 편했다.

하나의책 문학 모임에는 다양한 사람이 많았다. 당시 나는 내가 운영하는 모임의 문제점을 고민하고 있었기 때문에 모임 내내 운영자를 집중해서 보고 느낀 점을 적었다. 가장 인상 깊었던 것은 결석 규칙이었다. 회원들과 돌아가며 인사를 하는데, 한 분이 제적될 것 같아 나왔다고 이야기해서 놀랐다. 하나의책 독서모임은 3

회 이상 연속결석을 하면 자동 탈퇴 처리가 된다고 했다. 'The울림' 회원들의 출석률 때문에 고민하던 내가 가장 주의 깊게 보았던 부분이다.

독서모임은 강제가 아닌 자율적인 모임이기에 독서모임을 만들 때는 나오는 회원들에게 그저 감사하면서 규칙을 따로 정하지 않았다. 하지만 시간이 갈수록 나오겠다고 말만 하고 결석하는 사람이 많아서 고민하던 때였다. 결석 규칙을 정하고 공지하는 일을 해야겠다는 다짐을 했다.

또한 독서모임 나이 제한을 생각하던 중이었는데 그러면 안 되겠다는 확신을 문학 모임에서 얻었다. 그날 나온 연장자의 이야기가 책을 보는 관점을 폭넓게 해 주었기 때문이다. 나보다 훨씬 연세가 많은 분들에 대한 편견이 깨지는 시간이었다. 같은 책을 읽더라도 상황과 연령에 따라 다르게 보고 느낄 수 있다는 생각에 시야가 넓어지는 기분이었다. 독서모임에는 다양한 연령대의 사람들도 중요하다는 생각을 했다.

문학 모임이 진행된 곳은 잠실의 한 카페였다. 나도 카페에서 모임을 이어 갔는데, 확 트인 개방된 공간이어서 집중이 안 되고 정신이 분산된다는 것이 걱정이었다. 그런데 잠실 카페는 한쪽에 독립된 공간에서 진행했다. 완전히 분리된 공간은 아니었지만 칸막이로 조금은 가려진 좌석이었기에 다른 손님들의 시선에 신경이 덜 쓰였다. 하지만 카페에서 나오는 음악 소리와 다른 손님이 오가는 모습은 독서모임에 온전히 집중하기 어렵게 했다.

잠실 독서모임을 다녀온 뒤 생각이 더욱 많아졌다. 독서모임에 전반적인 규칙을 세우고 바꿔야 할 부분들을 정리해 보았다. 운영자의 역할은 책을 잘 읽고 더 많은 지식을 갖는 것이 아니라 모임을 균형 있게 잘 이끄는 것이라는 생각이 들었다. 모임 중 회원들의 대화 사이에서 중재자 역할도 해야 했다. 독서모임은 다양한 사람들을 만나는 장이니 그들을 이끌기 위해서는 일정한 규칙이 있어야 꾸준히 운영할 수 있다는 것을 깨달았다.

'The울림'에 어떠한 규칙을 적용해야 하는지 점검했다. 다른 모임을 참석해 보니 당장 바꾸고 싶은 부분이 많았지만 갑자기 바꾸는 것은 쉽지 않았다. 새로운 규칙을 만들어 도입하려면 회원들이 납득할 이유가 필요했다. 운영자가 힘들다는 이유로 규칙을 당장 정해 적용하기는 어려웠다. 그래서 우선 모임을 쉬면서 재정비하기로 마음먹었다. 조금 쉬는 시간을 가진 후 모임을 다시 열고 싶다고 회원들에게 양해를 구했다. 우리 모임을 오래 유지하기 위한 방향과 규칙을 고민한 후 더 좋은 모임으로 다시 시작하고 싶다고 털어놓았다. 회원들은 나의 고충을 생각보다 너그럽게 이해해 주었다. 진심으로 응원도 해 주셔서 든든하고 감사했다.

그렇게 모임을 잠정적으로 쉬게 되었다. 그동안 운영하면서도 잘하고 있나 고민하느라 집중하지 못할 때가 많아서인지 속이 후련했다. 모임을 그만두면 당장 큰일이 날 것 같았는데 그러지 않았다. 지금 생각해 보면 그런 조급함이 없었던 것은 그때부터 하나의 책 독서모임에 적극적으로 참석했기 때문인 것 같다. 하나의책 독서모임은 책을 읽어만 가면 되었고, 함께 나눌 질문을 준비하지 않아도 되었다. 편한 마음으로 책을 읽으니 오히려 다양한 각도로 생각할 수 있어 재미있었다. 다양한 주제의 책 모임이 많은 점도 좋았다. 하나의책에서는 철학 모임, 제인 오스틴 북클럽, 문학 모임, 시 모임 등이 진행됐다. 관심 있는 분야를 선택해 폭 넓게 읽고 대화를 나눌 수 있었다. 모임마다 회원들이 조금씩 다르니 분위기도 달랐고, 다채로운 경험을 들을 수 있었다.

그렇게 여러 독서모임을 접하니 내가 좋아하는 주제와 분야도 알게 되었다. 독서모임에서 어떤 주제로 이야기를 나눠야 대화가 즐겁게 진행되는지도 자연스레 익혔다. 비록 운영은 하지 않았지만 독서모임을 쉬지 않고 참석하다 보니 내가 하고 싶은 독서모임의 틀도 갖춰지고 방향도 분명해지고 있었다. 그렇게 6개월간 모임을 운영하지 않고, 하나의책 독서모임에 참석했다.

다시 독서모임 운영자로!

해가 바뀌자 다시 모임을 운영하고 싶었다. 모임을 다시 만들기로 결정하면서 규칙부터 정했다. 이번에는 모임을 시즌제로 나눴고 회원의 수를 10명으로 제한했다. 처음에 모임을 했을 때는 다양한 책을 주제와 상관없이 읽었지만, 다시 시작할 때는 세계문학으로 지정해 사람을 다시 모았다. 모임을 6개월 쉬고 회원을 모집하니 처음 독서모임을 시작할 때처럼 설렜다. 기존 회원들이 재가입하는 경우도 있었지만, 새로운 사람들을 모아야 했다. 걱정이 좀 됐지만 비슷한 시대의 다양한 나라별 작가의 작품을 읽기로 한 세계문학 독서모임은 10명이 금방 모였다. 독서모임에 주제가 확실하면 사람이 더 잘 모인다는 것을 알게 되었다.

사람은 어렵지 않게 모았지만 막상 문학 읽기를 하니 나의 약점이 보였다. 나는 문학에 약하다는 생각이 들었다. 문학은 책이 담고 있는 시대상과 그 작품의 배경을 알아야 이해할 수 있었다. 세계문학 모임을 진행하려면 그 부분을 공부해야 했다. 하지만 문학 작품을 다 소화하기도 벅찼다. 운영자가 재미를 느껴야 그 모임이 오래간다는 말을 자주 들었었다. 운영자는 참석하는 회원과는 달리 모든 모임을 빠지지 않고 참석해야 하므로 본인에게 흥미가 떨어지면 모임을 길게 운영할 수 없다고 했다. 그 말을 떠올리고 바로 세계문학 모임을 포기했다. 내가 더 배우고 내공을 쌓아 운영하고 싶었다. 하지만 세계문학 읽기는 포기하고 싶지 않아 하나의책 문학 모임에 갔다. 그렇게 다른 모임에 참석하면서 나의 갈증을 해소했다.

그렇다면 내가 즐겁게 오래도록 할 수 있는 분야는 무얼까. 인문학이 떠올랐다. 관심도 많았고 꾸준히 운영할 자신이 있었다. 인문학 책을 혼자서 읽기보다는 독서모임에서 회원들과 함께 읽고 싶었다. 그렇게 인문학 읽기 모임을 시작했다. 흥미가 많은 분야의 책을 읽고 준비를 하니 더 즐거웠다. 책을 고르는 것도 고민이었는데 문학 모임을 할 때보다 책 선정이 수월했다.

독서모임을 운영하면서 여전히 나는 시행착오를 겪는 중이다. 하지만 이제는 처음과는 조금 다른 마음을 가지고 준비한다. 운영자인 내가 모든 것을 하겠다는 욕심을 버렸다. 나는 자리를 마련하고 분위기를 조율하는 역할을 하면 된다고 생각을 바꿨다. 책을 정독하고 발제문을 준비하는 것은 기본이지만, 하나부터 열까지 모두 내가 통제해야 한다는 강박에서 벗어나려 노력한다. 그러고 나니 스트레스가 예전보다 줄었다.

하나의책에서 하는 다양한 모임에도 꾸준히 참석하면서 참여자로서의 즐거움도 느끼고 있다. 내가 운영할 때와는 다른 재미가 있어 어떤 것도 놓치고 싶지 않다. 하나의책에서 여성 독서모임도 시작해 2년 가까이 꾸리고 있다. 이 모임을 통해 같은 책을 다루더라도 모임의 성격에 맞게 준비를 해야 한다는 것을 배우고 있다. 앞으로도 지속적으로 다른 모임에도 참석하고 내 모임을 운영하면서 즐겁게 할 수 있는 독서모임 분야를 찾을 것이다.

독서모임 후 달라진 삶

독서모임을 시작하고 무언가가 특별히 달라진 것은 아니다. 다이어트를 하고 드라마틱하게 인생이 바뀌지 않은 것처럼 말이다. 하지만 마음가짐은 변했다. 다이어트를 했을 때도 몸이 문제가 아니라 마음이 문제였다는 것을 깨달았다. 마음이 바뀌지 않아 괴로웠던 그 시간들을 책으로 위로받았다. 책 속에서 나와 다른 수많은 주인공을 만나고, 나보다 더 어려운 상황들을 접하면서 삶에 다시 감사가 찾아왔다.

타인의 삶도 보다 더 이해하게 되었다. 독서모임에서는 책 이야기를 하다 보면 자연스럽게 나의 삶을 이야기하고 다른 사람의 생활도 접하게 된다. 독서모임에서 만나는 타인의 삶에 호기심을 가지고 간접경험을 하다 보니 내 위주로 바라보던 삶에서 함께 나누며 공유하는 삶으로 관심사도 확장됐다. 나아가 타인의 시선을 염

려해 자신을 숨기고 감추는 삶이 아니라, 책을 통한 대화로 있는 모습 그대로를 자연스럽게 보여 줄 수 있게 되었다. 사람들에 대한 고민도 조금씩 줄었고, 책 이야기를 하면서 내 안의 나도 조금씩 발견했다. 모임을 통해 비슷한 관심사를 가지고 내 의견에 공감해 주는 사람들을 많이 만났다. 이런 분들과 이야기를 하다 보면 자신과 다른 인생을 궁금해하는 분들이 독서모임에 나오는 것 같다는 생각이 든다.

독서모임을 운영하고, 참여하면서 운영자의 역할 또한 많이 배운다. 어떻게 하면 잘 운영할 수 있을지, 내가 느끼는 즐거움을 함께 공유하며 살 수 있을까 고민한다. 아직도 독서모임을 꾸리고, 발제문을 준비하는 시간은 어렵다. 주제가 쉽게 나오는 것도 아니고, 준비를 많이 해도 이야기를 충분히 나누지 못할 때도 많다. 그럴 때는 내가 지금 잘 읽고 있는 것인지, 독서모임 운영자로 잘하고 있는지 의문이 든다. 하지만 '독서모임의 일들'을 포기하고 싶지 않다. 준비가 힘들어도 내 안에 느끼는 것들이 꼭 하나씩은 생기기 때문이다. 혼자서 읽고 끝났다면 알 수 없었을 감흥이다. 이렇게 한 조각씩 쌓이면 내 안의 무언가가 달라지지 않을까.

참여하는 모임과 운영하는 모임은 다른 감상을 주기에 각각의 모임에서 배울 점이 많다. 책을 읽고 독서모임에서 어떤 사람과 무슨 이야기를 나눴는지에 따라 책이 더 좋아질 때도 있다. 특히 사람에 따라 독서모임 분위기는 달라진다. 10명이 모이면, 10가지의 생각뿐 아니라 100가지의 주제와 대화를 공유하게 된다. 그만큼 독서모임에서는 운영자와 참가자 모두가 중요하다.

요즘에는 자신만의 시간을 즐기는 사람이 늘고 있다. 굳이 타인과 일정을 맞춰 만나기보다는 혼자서 밥을 먹거나 영화 보고 여행도 하면서 나만의 시간을 보내는 일이 흔하다. 이런 고유의 영역을 침범당하면 싫어하는 사람도 많다. 하지만 사람들과 소통하고 싶은 욕구도 우리에게는 강렬하다. 물론 가족이라는 가까운 울타리가 있지만, 때로는 식구들의 지나친 관심에서 벗어나고 싶다. 이런 감정을 기반으로 너무 친밀하지 않으면서도 적당히 가까운 거리를 유지할 수 있는 존재를 찾게 되는데, 독서모임은 이러한 욕구를 어느 정도 만족시켜 주는 존재다. 이것이 독서모임이 유지되는 가장 큰 이유가 아닐까. 바로 내가 독서모임을 계속하는 이유이기도 하다.

독서모임을 만든 이후 4년 동안 약 150명의 사람들을 만났다. 모임에 오래 나오지 않은 분들도 있지만 4년간 인연을 이어 온 분들도 있다. 독서모임은 내게 사람을 많이 생각하고 배우게 했다. 여전히 주위에는 뜻을 같이 해 주는 이들이 있다. 시간이 지나 돌아보니 감사한 일들이 많다. 이렇게 글을 쓰는 것도 감사하고 특별한 일이다. 지금처럼 꾸준히 책을 읽고 사유의 시간을 가지면서 내면을 채우는 독서와 독서모임을 하고 싶다. 내가 그랬듯이 남모를 고민을 함께 나누는 운영자이자 참가자가 되고 싶다. 앞으로 조금 더 달라질 내가 기대된다.

바나나망고가 생각하는 독서모임 에티켓

- 민감한 질문(종교, 결혼 여부, 직업 등)을 직접적으로 하지 마세요.
- 나의 생각과 다른 상대방의 의견을 비난하지 마세요.
- 적당한 독서모임 질문(주제)을 생각해 보세요.
- 남의 말을 경청해 주세요.
- 반말을 하지 마세요.
- 책을 완독해 주세요.

 ## 독서모임에서 읽은 책 베스트 3

1 밀란 쿤데라의 『농담』: 책도 재미있게 읽었지만, 독서모임을 통해 사람들의 다양한 의견을 들을 수 있어서 좋았다. 독서모임의 묘미를 알게 해 준 책이다.

2 유발 하라리의 『사피엔스』: 두꺼운 책을 완독해 뿌듯했다. 지금 내가 이곳에 어떻게 존재하게 된 것인지를 생각한 계기가 된 책이다.

3 김희경의 『이상한 정상가족』: '정상'이라는 단어에 대해 다른 생각을 하게 한 책이다. 결혼을 하고 자식을 낳은 후 한 번 더 읽고 독서모임에서 이야기 나누고 싶다.

하나의책 독서모임 소개

문학 모임

세계문학전집을 기본으로 연관 소설을 함께 읽는 모임. '나쓰메 소세키 읽기', '한국 소설 읽기' 등 시즌마다 다양한 테마로 진행하고 있다.

철학 모임

철학 단행본을 읽는 모임. 버트런드 러셀의 『서양철학사』, 플라톤의 『국가』, 칼 포퍼의 『열린 사회와 그 적들』 등을 읽었다. 2020년부터는 『논어』를 시작으로 동양의 철학서를 읽을 예정이다.

'내 인생 최고의 책' 독서모임(1년 과정)

소설 『내 인생 최고의 책』을 읽고 그 속에 등장하는 독서모임을 따라서 만든 모임. 10명이 회원이 각자 함께 보고 싶은 책을 고르고, 그렇게 모인 10권의 책을 제비뽑기로 순서를 정해 1년간 읽는다.

회원들의 독서모임

하나의책 독서모임 회원들도 다양한 모임을 꾸리고 있다. 여성 모임, 그림 읽는 독서모임, 역사 모임, 과학 모임, 심리 모임, 환경 모임 등이 하나의책에서 진행되고 있다.